人猿泰山全译精编插画系列（全25种）

人猿泰山
之
不速之客

［美国］埃德加·赖斯·巴勒斯/著
许天弈 李佩瑶/译

Tarzan and the Castaways
by Edgar Rice Burroughs

上海文艺出版社
上海故事会文化传媒有限公司

图书在版编目（CIP）数据

人猿泰山之不速之客 /（美）埃德加·赖斯·巴勒斯著；许天弈，李佩瑶译. —— 上海：上海文艺出版社，2019

（人猿泰山全译精编插画系列）
ISBN 978-7-5321-7030-2

Ⅰ. ①人… Ⅱ. ①埃… ②许… ③李… Ⅲ. ①长篇小说－美国－现代 Ⅳ. ① I712.45

中国版本图书馆 CIP 数据核字（2019）第 029687 号

书　　名	人猿泰山之不速之客
著　　者	[美国] 埃德加·赖斯·巴勒斯
译　　者	许天弈　李佩瑶
责任编辑	蔡美凤　朱崟滢
装帧设计	周　睿
责任督印	张　凯
出　　版	上海文艺出版社
出　　品	上海故事会文化传媒有限公司
	（200020　上海市绍兴路74号　www.storychina.cn）
发　　行	上海文艺出版社发行中心
	（上海市绍兴路50号）
印　　刷	上海中华印刷有限公司
开　　本	889毫米×1194毫米　1/32　印张7.5
版　　次	2019年5月第1版　2019年5月第1次印刷
ＩＳＢＮ	978-7-5321-7030-2/I·5622
定　　价	25.00元

版权所有·不准翻印

上海故事会文化传媒有限公司 出品（00850）www.storychina.cn

上海故事会文化传媒有限公司所有图书可办理邮购，免收邮费（挂号除外）
汇款地址：上海市绍兴路74号（200020）　收款人：上海故事会文化传媒有限公司出版发行部
联系电话：021-64338113
如发现本书有质量问题，请与印刷厂质量科联系 T:021-60829062

人猿泰山全译精编插画系列（全25种）
编　委　会

总　策　划：夏一鸣
主　　　编：黄禄善
副 主 编：高　健

编辑成员

（按姓氏笔画为序排列）：

田　芳　朱崟滢　李震宇　张雅君

胡　捷　高　健　夏一鸣　黄禄善　詹明瑜　蔡美凤

百年文学经典 文化传播之最
人猿泰山驰骋的奇幻世界

黄禄善

美国文学史上不乏这样的作家：他们生前得不到学术界承认，死后多年也不为批评家看好，然而他们却写出了最受欢迎的作品，享有最大范围的读者。本书作者埃德加·赖斯·巴勒斯即是这样一位作家。自1912年至1950年，他一共出版了一百多本书，这些书涉及多个通俗小说门类，而且十分畅销，其中不少被译成多种文字，在世界各地广为流传。当代科幻小说大师亚瑟·克拉克曾如此表达对他的敬仰："埃德加·赖斯·巴勒斯具有重要地位。是巴勒斯，激起了我的创作兴趣。"另一位著名通俗小说家雷·布莱德伯利也说："埃德加·赖斯·巴勒斯也许可以称为世界历史上最有影响力的作家。"然而，正是这个被众人交口称誉的作家，对前来采访的记者说："我不认为我的作品是'文学'。"而且，面对众多书迷的"如何走上文学道路"的提问，他也只是轻描淡写地回答："那是因为我需要钱。我35岁时，生活中的一切尝试都宣告失败，只好开始搞创作。"

确实，埃德加·赖斯·巴勒斯在从事文学创作前，有过一段十分坎坷的生活经历。他于1875年9月1日出生在美国芝加哥，父亲是南北战争期间入伍的老兵，后退役经商。儿时的巴勒斯对未来充满了幻想，曾对人夸口说父亲是中国皇帝的军事顾问，自己住在北京紫禁城，并在那里一直待到10岁才回国。但是，后来的事实表明，这一良好愿望只不过是一团泡影。从密歇根军事学院毕业后，他在美国骑兵部队服役，不久即为谋生四处奔波。他先后尝试了许多工作，包括警察和推销商，但均不成功。1900年，他和青梅竹马的女友结婚，之后两人育有两儿一女。接下来的日子，埃德加·赖斯·巴勒斯是在贫困中度过的。为了养家糊口,他开始替通俗小说杂志撰稿。他的第一部小说《在火星的卫星下》于1912年分六集在《故事大观》连载。这部小说即刻获得了成功,为他赢得了初步的声誉。同年,他又在《故事大观》推出了第二部小说,亦即首部"泰山"小说。这部小说获得了更大成功。从此,他名声大振,稿约不断,平均每年出版数部书。第二次世界大战期间,他以66岁的高龄奔赴南太平洋,当了战地记者。1950年3月19日,埃德加·赖斯·巴勒斯因心力衰竭在美国逝世。

埃德加·赖斯·巴勒斯是美国文学史上第一个重要的通俗小说家。他一生所创作的通俗小说主要有四大系列。第一个是"火星系列",包括《火星公主》《火星众神》和《火星军魁》。该"三部曲"主要讲述一位能超越死亡界限、神秘莫测的地球人约翰·卡特在火星上的种种冒险经历。第二个系列为"佩鲁塞塔历险记",共有七部。开首是《在地心里》,以后各部依次是《佩鲁塞塔》《佩鲁塞塔的塔纳》《泰山在地心里》《返回石器时代》《恐惧之地》《野蛮的佩鲁塞塔》,主要讲述主人公佩鲁塞塔在钻探地下矿藏时,不小心将地壳钻穿,并惊讶地发现地球核心像一个空心葫芦,那里住着许多原始人,还有许多古生动物和植物。1932年,《宝库》杂志开始连载埃德加·赖斯·巴勒斯的第三个系列,也即"金星系列"的首部小说《金星上的海盗》。该小说由"火星系列"衍生而出,但情节编排完全不同。主人公卡森·内皮尔生在印度,由一位年迈的神秘主义者抚养成人,并被教给各种魔法,由此开始了金星上的冒险经历。该系列的其余三部小说是《金星上的迷失》《金星上的卡森》和《金星上的逃脱》。第五部已经动笔,但因"二战"爆发而搁浅。

尽管埃德加·赖斯·巴勒斯的"火星系列""佩鲁塞塔历险记"和"金星系列"奠定了他的美国早期重要通俗小说作家的地位,但他成就最大、影响也最大的是第四个系列,也即"人猿泰山系列"。该系列始于1912年的《传奇诞生》，终于1947年的《落难军团》，外加去世后出版的《不速之客》，以及根据遗稿整理的《黄金迷城》，总共有25种之多。中心人物泰山是一个英国贵族后裔，幼年失去双亲，由母猿卡拉抚养长大。少年泰山不仅学会了在西非原始森林的生存本领，还具有人类特有的聪慧。凭着这一人类特性，他懂得利用工具猎取食物，并从生父遗留下来的看图识字课本上认识了不少英文词汇。随着时光流逝，他邂逅美国探险家的女儿简·波特，于是生活发生急剧变化，平添了无数波折。接下来的《英雄归来》《孤岛求生》等续集中，泰山已与简·波特结合，生了一个儿子，并依靠巨猿和大象的帮助，成了林中之王，又通过一个非洲巫师的秘方，获取了长生不老之术。再后来，在《绝地反击》《智斗恐龙》《真假狮人》《神秘豹人》等续集中，这位英雄开始了种种令人惊叹的冒险，足迹遍及整个西非原始森林、湮没的大陆。

从小说类型看，"人猿泰山系列"当属奇幻小说。西方最早的奇幻小说为英雄奇幻小说，这类小说发端于古希腊荷马史诗《伊利亚特》和《奥德赛》，成形于19世纪末英国小说家威廉·莫里斯的《世界那边的森林》，其主要模式是表现单个或群体男性主人公在奇幻世界的冒险经历。他们多为传奇式人物，有的出身卑微，必须经过一番奋斗才能赢得下属的尊敬；有的是落难王子，必须经过一番曲折才能恢复原有的地位。在冒险中，他们往往会遭遇各种超自然邪恶势力，但经过激烈较量，正义战胜邪恶，一切以美好告终。人猿泰山显然属于"落难王子"型主人公。他本属英国贵族后裔，却无端降生在无名孤岛，并险些丧命。在人迹罕至的西非原始森林，他与野兽为伍，经历了难以想象的生存危机。终于，他一天天长大，先后战胜大猩猩和狮子，又打死猿王克查科，并最终成为身强力壮、智慧超群的丛林之王。值得注意的是，埃德加·赖斯·巴勒斯在描写人猿泰山的这些经历时，并没有简单地套用英雄奇幻小说的模式，而是融入了自己的创造。一方面，他删去了"魔法""仙女""精灵"等超自然因素；另一方面，又增加了较多的现实主义成分。人们在阅读故事时，并不觉得是在虚无缥缈的奇幻天地漫步，而是仿佛置身栩栩如生的现实主义世界。正因为如此，"人猿泰山系列"比一般的纯英雄奇幻小说显得更生动、更令人震撼。

毋庸置疑，人猿泰山驰骋的奇幻世界是"人猿泰山系列"的又一大亮点。在构筑这一虚拟背景时，埃德加·赖斯·巴勒斯显然借鉴了亨利·哈格德的创作手法。亨利·哈格德是19世纪英国著名小说家，自80年代中期起，他根据自己在非洲的探险经历，创作了一系列以"遗忘的年代，湮没的城市"为特征的奇幻作品。譬如《所罗门王的宝藏》，述说一个名叫阿兰的猎手在两千多年前的奇幻王国觅宝，几经曲折，终遂心愿。又如《她》，主人公是非洲一个奇幻原始部落的女统治者，她精通巫术，具有铁的统治手腕，但对爱情的执着酿成了她一生最大的悲剧。"人猿泰山系列"的故事场景设置在人迹罕至的原始森林，在那里，虎啸猿鸣，弱肉强食，险象环生。正是在这一极端恶劣的环境中，泰山进行了种种惊心动魄的冒险。在后来的续篇中，埃德加·赖斯·巴勒斯还让泰山的足迹走出西非原始森林，到了传说中的亚特兰蒂斯、废弃的亚马孙古城，甚至神秘的太平洋玛雅群岛。所有这些埃德加·赖斯·巴勒斯笔下的荒岛僻壤，与《所罗门王的宝藏》《她》中"遗忘的年代，湮没的城市"如出一辙。

如果说，亨利·哈格德的"遗忘的年代，湮没的城市"给"人猿泰山系列"提供了诡奇的故事场景，那么给这个场景输血补液的则是西方脍炙人口的动物小说。据埃德加·赖斯·巴勒斯的传记，儿时的他曾因体弱多病辍学，并由此阅读了大量西方文学著作，尤其是鲁德亚德·吉卜林的《丛林故事》、欧内斯特·西顿的《野生动物集》、杰克·伦敦的《野性的呼唤》。这些小说集动物故事、探险故事、寓言故事、爱情故事、神秘故事于一体,给埃德加·赖斯·巴勒斯以深刻印象。事实上,他在出道之前,为了给自己的侄儿、侄女逗乐,还写了一些类似的童话故事,其中一篇还在《黑马连环漫画》上刊登。西方动物小说所表现的是达尔文和斯宾塞的"物竞天择""适者生存",体现了自然主义创作观。以杰克·伦敦的《野性的呼唤》为例,主要角色布克原是法官的看家狗,过着养尊处优的生活。但有一天,它被盗卖,并辗转来到冰天雪地的阿拉斯加,当起了运输工具。在那里,布克感到自然法则无处不在:狗像狼一般争斗,死亡者立刻被同类吃掉。但它很快学会了生存,原始的野性和狡诈开始显现,并咬死了凶残的领头狗,最终为主人复仇,加入了荒野的狼群。"人猿泰山系列"尽管将"弱肉强食"的雪橇狗变换成了虎、狮、猿以及由猿抚养长大的泰山,但这些巨猿、半人半兽之间的殊死争斗同样表现出"生存斗争"的残忍。特别是泰山攀山越岭、腾掠树梢,战胜对手后仰天发出的一声长啸,同杰克·伦敦笔下布克回到河边纪念它的恩主被射杀时的长嚎简直有异曲同工之妙。

鉴于"人猿泰山系列"成书之前曾在《故事大观》《宝库》等杂志连载,不可避免地带有杂志文学的某些缺陷,如情节雷同、形象单调,等等。历来的文论家正是根据这些否定"人猿泰山"的文学价值,否定埃德加·赖斯·巴勒斯的文学地位。但"二战"以后,尤其是20世纪70年代之后,随着西方通俗文化热的兴起,学术界对于"泰山"小说的看法有了转变,许多研究者都给予积极评价,肯定埃德加·赖斯·巴勒斯的美国奇幻小说鼻祖地位。而且,"读者接受"是评价一部作品的最佳试金石。"人猿泰山系列"刚一问世,即征服了美国无数读者,不久又迅速跨出国界,流向英国、加拿大和整个西方。尤其在芬兰,读者简直到了如痴如醉的地步。一本本英文原著被译成芬兰语,一版再版,很快取代其他本土小说,成为最佳畅销书。更有甚者,许多西方作家,包括芬兰、阿根廷、以色列以及部分阿拉伯国家的作家,在埃德加·赖斯·巴勒斯去世后，模拟他的套路，创作起了这样那样的"后泰山小说"。世纪之交，埃德加·赖斯·巴勒斯的"人猿泰山系列"再度在西方发酵，以劳雷尔·汉密尔顿、尼尔·盖曼、乔·凯·罗琳为代表的一大批作家，基于他的"泰山"小说模式，并结合其他通俗小说要素，推出了许多新时代的奇幻小说——城市奇幻小说，并创造了这类小说连续数年高踞《纽约时报》畅销书排行榜的奇观。而且，自1918年起，"泰山"小说即被搬上银幕。以后随着续集的不断问世，每年都有新的"泰山"影片上映和电视剧播放，所改编的影视版本之多，持续时间之长，观众场面之火爆，创西方影视传播界之"最"。2016年，华纳兄弟影业又推出了由大卫·叶茨导演、亚历山大·斯卡斯加德等众多知名演员加盟的真人3D版好莱坞大片《泰山归来：险战丛林》。21世纪头十年，伴随迪士尼同名舞台剧和故事软件的开发，"泰山"游戏又迅速占领电脑虚拟世界，成为风靡全球的少年儿童宠爱对象。此外，西方各国还有形形色色的"泰山"广播剧、"泰山"动漫、"泰山"玩偶，等等。总之，今天的"泰山"早已超出了一个普通小说人物概念，成了西方社会的一种文化符号、一种文化象征。

优秀的文化遗产是不分国界的。为了帮助中国广大读者欣赏埃德加·赖斯·巴勒斯、读懂埃德加·赖斯·巴勒斯，了解当今风靡整个西方的奇幻小说的先驱，上海故事会文化传媒有限公司组织翻译了这套"人猿泰山系列"，这也将是国内第一套完整的"人猿泰山系列"。译者多为沪上高校翻译专业教师，翻译时力求原汁原味、文字流畅，与此同时，予以精编、插画。相信他们的努力会得到认可。

目　录

前言	人猿泰山驰骋的奇幻世界	1
不速之客		**001**
1	启程非洲	003
2	林中偶遇	006
3	疯狂的大象	015
4	三人被俘	020
5	成功逃离	027
丛林凶手		**037**
1	鬣狗吠声	039
2	命运之线	048
3	失事飞机	052
4	丛林召唤	056
5	狩猎队伍	063
6	泰山来了	070
7	水落石出	081
劫后求生		**089**
1	扬帆启航	091
2	泰山落难	097

3	海上生变	103
4	囚禁拉昂	109
5	泰山中枪	114
6	劫持游艇	120
7	英国女孩	125
8	逃出牢笼	132
9	轮船触礁	138
10	惊险逃生	144
11	流落荒岛	150
12	泰山狩猎	155
13	"森林之神"	159
14	勇救祭品	164
15	突遇猛虎	170
16	真情告白	175
17	返回营地	181
18	重新造船	186
19	穷途末路	191
20	荒岛探险	196
21	玛雅人的袭击	202
22	互相残杀	209
23	泰山被献祭	215
24	回归之船	220

人物介绍

不速之客
毛拉甘：美国世界重量级拳击冠军，来到非洲探险。
马克斯：毛拉甘的经纪人。
梅尔顿：毛拉甘在非洲的向导。

丛林杀手
塞西尔·吉尔斯·伯顿：英国中尉，要把重要的图纸送到开普敦，在途中遭到坎贝尔和祖巴涅夫的袭击，被迫跳机，来到非洲丛林。
约瑟夫·坎贝尔：美国人，觊觎伯顿手里的图纸，想将其卖给意大利政府。
祖巴涅夫：俄罗斯流亡者，坎贝尔的同伙。

劫后求生
克劳斯：包下西贡号的德国人，买下泰山，准备将他当成野兽展览。
珍妮特·拉昂：乘坐西贡号去纽约的女孩。
威廉·施密特：西贡号的二副，在航行过程中叛变夺权。
汉斯·德格鲁特：西贡号的大副，荷兰人，二十岁出头，长相俊俏。
博尔顿：英国游艇的船长。
佩内洛普·利：英国游艇的乘客，利上校的夫人。
帕特丽夏·利：利上校和利夫人的侄女。
威廉·塞西尔·休·珀西瓦尔·利：英国游艇的乘客，上校。
希·寇·西乌：奇琴伊察的国王。
伊泽查：被当成祭品的女孩，为泰山所救。

不速之客

Chapter 1
启程非洲

"六、七、八、九、十！"裁判随后走到中立角举起了毛拉甘的右手，并大声宣布道："新的获胜者！新的冠军！"

麦迪逊广场花园并没有坐满观众。消息突如其来，观众们沉默了片刻，随即响起了雷鸣般的掌声。掌声中混杂着刺耳的嘘声。那些喝倒彩的人，并不是质疑比赛的公正性，他们只是讨厌毛拉甘这个声名狼藉的拳手。毫无疑问，他们中的许多人，都把赌注押在了这位冠军身上。

毛拉甘的经纪人乔伊·马克斯翻过拳台上的围绳，拍了拍毛拉甘的后背；摄影师、体育记者、警察以及一部分观众聚集在拳击场周围；新闻评论员叫喊着要把这一划时代的消息告诉全世界的观众。

上一任冠军，跟跟跄跄地站起身，走向毛拉甘，伸出手以示祝贺。但这位新任冠军显然并不领情，口里说道："赶紧出去，废物！"说完就转过身去了。

毛拉甘取得了巨大的成就。他从业余拳击手成为专业初级拳击手，最后一跃成为世界重量级拳击冠军。他同时拥有了自己的绰号——"一拳"。事实上，他只有一拳，也只需要一拳。有时他不得不在登场前等好几个回合，但是最终他总会上场的。上一任冠军，十有八九也痴迷于拳击，但在第三回合就被击倒了。迄今为止，"一拳"毛拉甘参加了九次比赛，成功卫冕冠军六次，打折了三名拳手的下颚以及一名拳手的头骨。那么，接下来谁会希望自己的头骨骨折呢？

所以，"一拳"毛拉甘决定给自己放个假，做些他一直梦寐以求但由于命运阻挠一直无法实现的事。几年前，他看见一张海报上面写道："加入海军吧！你会看见整个世界！"这张海报在他脑海中挥之不去。现在，既然有了假期，他决心不靠海军的协助，自己看看这个世界。

"我还没见过尼亚加拉瀑布，"他的经纪人说道，"那里可是度假的好去处，如果我们去那儿，尼亚加拉瀑布也会因此名声大噪。"

"我才不去尼亚加拉瀑布，"毛拉甘说，"我们去非洲。"

"你打算去那里干什么呢？"

"打猎。前几天晚上，我们打完比赛后，你看到那个家伙家里的动物头颅了吗？有狮子的、水牛的、大象的。我的天哪！到了非洲，那儿肯定其乐无穷。"

"孩子，总有一天你会遇到狮子的，"马克斯说道，语气中带有些恳求，"听着，孩子，待在这里打完剩下的比赛，你就有足够的金钱退休。然后，你就可以随心所欲地去非洲任何地方，不过，我不会与你同行。"

"如果我去非洲，你也得和我一起去。如果你想要得到有关报道,最好赶紧把那些写新闻的笨蛋叫来。"

十天后,体育记者和摄影师在船甲板上围着这位冠军转,相机的镁光灯不断闪烁,快门声不停响起,记者连珠炮似的不断提问。许多乘客为了一睹冠军风采伸长脖子。一个女孩拿着签名册,拼命地用手肘推挤人群,想挤到毛拉甘面前。

"你什么时候学会写字的?"一位日报记者问道。

"问题提得真够一针见血。"毛拉甘嘟哝道。

"你到非洲后,请代我向泰山传达我的问候。"另一位记者说道。

"记着,别对他放肆,否则他会把你撕碎的。"日报记者插嘴道。

"我看见过那个笨蛋,"毛拉甘说,"他谁都撕不碎。"

"我打赌,他十有八九在第一个回合里就能让你出局。"日报记者嘲笑道。

"蠢货,你的打赌必输无疑。"冠军反驳道。

Chapter 2
林中偶遇

　　森林里枪炮声响成一片。一辆满载士兵的卡车,沿着一片广阔的平原边缘摇摇晃晃地缓慢行进,最后在这里停了下来。军官派了几个士兵出去侦察敌人占领的地形。为什么躲在树林的敌军一直迟疑不进?为什么这块平原总是攻打不下来?这些都是未解之谜。

　　对于远处平原上的那个男人来说,这辆卡车也是个谜。他的目光,一直注视着它缓慢地前进。他知道,那里没有公路。也许,这是有史以来第一辆有轮子的车从这里经过。

　　一个戴着破旧遮阳帽的白人开着卡车,身旁坐着一个黑人,后面车厢里,几个黑人四仰八叉地躺在货物上。光线渐暗,预示着赤道那短暂的黄昏已经来临。

　　为了见识一下那辆卡车,那人开始出发穿越平原。他步履矫健,像猫一样迈着轻快的步子,蜿蜒前行。他全身上下只围了一块腰布,带的武器都很原始：他背着一个插有几支箭的箭筒，臀部的粗刀鞘中配有一把猎刀，手里拿着一根结实的长矛，身上斜挎着一圈草绳。那人肤色黝黑，却并不是黑人，小麦色的肤色，归功于非洲烈日的长时间曝晒。

那人的肩膀上蹲着一只小猴子，小猴子的一条胳膊搂着他古铜色的脖子。"塔曼咖尼，内其马。"他眼望着卡车说道。

"塔曼咖尼，"那只猴子附和道，"内其马和泰山会杀了塔曼咖尼。"猴子站直身子，龇牙咧嘴，样子显得十分狰狞。小猴子名叫内其马。此刻，他犹如一头猛狮。不过，只有站在泰山的肩膀上或和敌人相距甚远的时候，他才会有猛狮般的勇气。离泰山越近，他越勇猛。离危险越远，他越勇气倍增。内其马仅仅是一只可笑的小猴子。如果他是个男人的话，极有可能会成为欺凌弱小的流氓。他本性怯弱胆小，是个懦夫。然而，他的确有一个特点，那便是对主人泰山那份甘于自我献身的忠心。这份忠心，有时候几乎令他热血沸腾，感觉自己无比崇高。

最后，驾驶卡车的人看见了那个不断走近的人。他挪了挪枪套，并且打开它，以便可以随时拔枪射击。他看了一眼身旁男孩夹在膝盖之间的步枪，发现它触手可及。他以前从未到过这个地方，也不知道当地人的脾气，采取点预防措施总是有必要的。当他和那个陌生人之间的距离越来越近时，他开始试着辨认那个人。

"黑人？"他问身旁的黑人男孩，男孩也在注视着那个走近的陌生人。

"是个白人，先生。"男孩回答说。

"我猜你是对的，"男人同意道，"我猜想他是个白人。不过，他肯定打扮得像个土人。"

"白的土人。"男孩哈哈大笑起来。

"我手头已经有两个疯子了,"开卡车的说道,"我可不希望再来一个。"泰山走近时,他把卡车停了下来。

小猴子"叽里咕噜"地骂个不停,还不时地龇牙咧嘴。毫无疑问,他以为这个样子颇为可怕。可惜没有人在意他。不过,他还是坚持不懈,直到泰山来到离开卡车不到五十英尺的地方,随后他跳到地上,寻找树木避身。毕竟,为什么要拿命冒险呢?

泰山在卡车旁停下,盯着白人的脸问道:"你在这儿干什么?"

梅尔顿看着眼前这个周身几乎一丝不挂的男人,心中不由得产生一种高高在上的感觉,同时又对这个男人的无礼问询感到颇为愤懑。不经意间,他注意到眼前的陌生人没有携带枪支武器。

"兄弟,我在开车呢。"梅尔顿开口说道。

"回答我的问题。"这一次,泰山的语调显得更不客气。

梅尔顿今天一直过得不轻松,事实上,他近来的日子一直不太好过。他总是提心吊胆,神经紧张。此刻,他一边寻思如何回答,一边将手移到了枪托上。但他却根本没有机会开枪。说时迟那时快,泰山长臂一伸,一把抓住了梅尔顿的手腕,将他拖出卡车驾驶座。眨眼间,他就被缴械了。

内其马在他那棵避身的树上翻腾雀跃,滔滔不绝地将下流话泼向敌人,还不时地冲着泰山尖叫,让他杀了这个塔曼咖尼。没人在意他。这是内其马总会面临的困境。他太微不足道,没有人会注意到他。

卡车上的几个黑人迷茫地瞪大眼睛。事发突然,他们猝不及防,脑子一片空白,眼睁睁地看着陌生人把梅尔顿揪出卡车,就像猫戏老鼠一般地摇晃着他。泰山凭借多年的经验知道,要想以最快的速度让人屈服,最好的办法就是抓着这个人不停地晃来荡去。也许,他对心理学一无所知,但对其中的奥妙却了如指掌。

梅尔顿很强壮，但陌生人却将他控制得服服帖帖，尽管恐惧万分，他仍旧束手无策。除了超人的力量之外，这个陌生人还有某种更为令人害怕的东西，让人感觉如同身陷魔爪。多年前，他曾身陷狮子爪中，当时他就吓得魂飞胆破，眼下的反应如出一辙。命运虽是无常，却总难逃某种宿命。

泰山不再摇晃梅尔顿，把眼睛转向拿着步枪的男孩。男孩此刻也已跳下卡车。"放下步枪。"他用斯瓦希里语命令道。

男孩犹豫了一下。"把它扔了。"梅尔顿也命令道，然后对泰山说："你要我干啥？"

"我问你在这里干什么。我要一个答案。"

"我在给几个该死的美国佬做向导。"

"他们在哪里？"

梅尔顿耸了耸肩。"上帝才知道呢。他们今早开着辆小汽车出发了，叫我沿着森林的边缘跟随，说他们会在晚些时候回来找我。他们玩起来很投入，现在很有可能迷路了。"

"他们在这里做什么？"泰山问道。

"打猎。"

"你为什么把他们带到这里？这个地区是不对外开放的。"

"不是我带他们来的，是他们带我来的。你用不着告诉毛拉甘应该怎么做。有些人无所不知，他就是这么个人。他不需要向导，只需要一个看管东西的人。他是世界重量级拳击冠军。冠军光环冲昏了他的头，想和他说点啥吧，他都有可能暴打你一顿。他身边的男孩被打得真够惨的，我这辈子从没见过这么混账的人。另外一个人，也就是毛拉甘的经纪人，倒没那么糟糕。简直可笑之极。经纪人，天哪！这个经纪人一天到晚只会说：'是的，孩子！''好吧，孩子！'而且整天想回纽约去。他总是害怕得要死。真他妈的希望他们都滚回纽约去。真希望再也见不到他们。"

"他们单独出去的?"泰山问。

"是的。"

"这样的话,你可能再也见不到他们了。这里可是狮子的王国,我从没见过脾气这么坏的狮子。"

梅尔顿吹了声口哨。"那我得继续前进,想办法找到他们。我不喜欢他们,但要对他们负责。"说到这儿,他犹豫了一下,"你不会试图阻止我吧?"

"不会,"泰山说,"去找他们吧。告诉他们离开这里,到别处去。"说完,他迈步向森林里走去。

他刚走出一段距离,梅尔顿在身后喊道:"你到底是谁?"

猿人般的陌生人停了脚步,转过身来回答道:"我是泰山。"

梅尔顿又吹了声口哨,他爬上卡车的驾驶座,发动引擎。沉重的卡车缓缓驶离,泰山也渐渐消失于森林之中。

夕阳西下,森林的影子在平原中逐渐伸展。一辆小汽车颠簸在凹凸不平的地面上。车里有两个人。一个开着车,另一个眼圈红红的,他拼命地稳住身子,几乎不停地"呼哧呼哧"喘气。

"看在上帝的分上,孩子,你就不能开慢点?"马克斯哀求道,"赤日炎炎还不够我难受吗?你还想把我的五脏六腑都颠出来?"

毛拉甘又踩了脚油门,算作回答。

"你再不放慢速度,车子的避震要完蛋了,轮胎要爆胎了,你的经纪人也要一命呜呼了。"

"我不再需要经纪人了,"毛拉甘觉得这话说得很有趣,于是又重复了一遍,"我不再需要经纪人了,所以我要在非洲把他颠出去。哈哈,那些家伙说不定怎么开心呢!"

"孩子,你脑袋中千万别有这么愚蠢的想法。你太需要一个像我这样精明能干的经纪人了。否则的话,被人揍得鼻青脸肿的可就是你了。"

"是那样的吗?"

"就是那样的。"

天色突然变暗,毛拉甘稍稍减慢了点车速。他打开车灯,说道:"这里的天转眼就黑,我很想知道这是为什么。"

"因为纬度,你这个笨蛋。"马克斯解释说。

他们继续开了一会儿,两人都没有说话。马克斯紧张地左顾右盼,因为随着夜幕降临,整个景色都变了,他们仿佛被抛进了一个陌生的世界。平原上空隐约闪烁着幽灵般苍白的星光,森林一片漆黑。

"四十二号街现在应该看起来很棒。"马克斯振振有词地说。

"某些食物也很棒,"毛拉甘说,"我饿得快要前胸贴后背了。我很纳闷,那个叫什么什么的究竟出什么事了,我告诉他一直跟随我们,最后会合。这帮英国人太他妈的自以为是,以为自己无所不知,警告我这个不能做那个不能做。我想世界拳王能够照顾好自己。"

"孩子,我以前就是这么说的。"

一头正在觅食的狮子低吼了一声,打破了平原的沉寂,虽然狮子离他们还有一段距离,但他们还是清晰地听到了狮子的吼声。

"那是什么?"毛拉甘问道。

"一头猪。"马克斯回答道。

"如果现在是白天,我们就可以毙了它。现在如果能有猪排那可棒极了呢。你知道,乔伊,我一直觉得咱俩离了那个什么英国人也能过得挺好。"

林中偶遇 | 011

"那谁来开卡车呢？"

"这倒也是，"毛拉甘承认，"但他决不能再像对待孩子那样对待我们，别再以为他是我们的保姆。说不定哪天我就不痛快了，会好好地教训他一顿。"

"看！"马克斯尖叫了一声，"那里有亮光，一定是我们的卡车。"

两辆车会合后，疲惫不堪的男人们纷纷跳下车，四仰八叉地躺倒在地上，舒展四肢，放松肌肉。

"你去哪儿了？"毛拉甘盘问道。

"自从我们在营地分手后，我就一直跟随前行，"梅尔顿回答道，"你也知道，我这辆车不像你们的小汽车，开起来不可能那么顺畅。你们今天一定去了很多地方吧，有什么收获？"

"没啥收获，附近什么猎物都没有。"

"这里猎物可多着呢。就像我一直跟你们说的那样，如果在这里建立一个长期的营地，一定会有所收获的。"

"我们今天看到一些水牛，"马克斯说，"但它们逃走了。"

"它们进了树林，"毛拉甘解释道，"我徒步一路追，还是让它们给逃走了。"

"算你走运，它们逃走了。"梅尔顿评论道。

"你什么意思？算我走运？"

"如果你开枪打死它们中的一头，你有可能也活不了。我宁愿碰到一头狮子，也不愿面对一头受伤的水牛。"

"也许你是这样，"毛拉甘说，"但我不怕牛。"

梅尔顿耸耸肩，转身给小伙子们派活，让他们搭起帐篷。"我们就在这儿原地扎营，"他对另外两个白人说，"我们现在找不到水源，还好我们还有足够的水。不管怎么说，明天我们必须返回。"

"返回？"毛拉甘大叫起来，"谁说我们要回去了？我到这儿来是打猎的,我要打猎去。"

"我在远处遇到一个人,他说这里不对外开放,我们必须离开。"

"哦?他真的这么说的吗?他以为自己是谁啊,让我出去?你告诉他我是谁了吗?"

"告诉了,但他似乎并不为之所动。"

"好吧,如果我见到他,我会给他留下深刻印象的。他是谁?"

"他叫泰山。"

"那个流浪汉?他觉得他能把我撵出非洲?"

"如果他让你别在非洲这个地方待下去,你最好快点离开。"梅尔顿建议道。

"我他妈的准备充分了自然会离开。"毛拉甘说道。

"我现在就已经准备要离开了,"马克斯接连打了几个喷嚏,说道,"非洲可不适合枯草热患者久留。"

小伙子们从卡车上卸下货物,匆匆忙忙地安营扎寨。有个小伙子负责做晚饭。大家都很开心,欢声笑语向四处传开,还有人不时唱起当地的歌谣。其中一个小伙子从卡车上卸下一个沉重的包裹,一不小心撞在毛拉甘身上,把毛拉甘撞得差点摔倒。毛拉甘伸掌就给了小伙子一记耳光,把他撂倒在地。

"你下次该知道往哪儿撞了吧。"他吼叫道。

梅尔顿走到他面前。"够了!"他说,"我已经受够你了!别再对这些小伙子动手动脚!""这么说,你也想找揍?"毛拉甘喊道,"好吧,我成全你。"

还未等毛拉甘出拳,梅尔顿已经拔出手枪对准他。"来吧,"梅尔顿挑衅道,"我正找机会以自卫的名义毙了你呢。"

毛拉甘站在那儿,盯着枪迟疑了几秒钟,扭头走开了。之后他向马克斯吐露说:"这帮英国人一点幽默感都没有,他应该看得出来，我只是开开玩笑。"

晚餐的气氛很沉闷，大家几乎都不说话。晚餐快结束时，营地附近传来了狮子的吼声。

"又是那头猪，"毛拉甘说，"或许我们现在可以捕猎到它。"

"什么猪？"梅尔顿问。

"你聋了吗？"毛拉甘说道，"你没听到猪叫吗？"

"天哪！"马克斯大叫道，"快看那里发光的眼睛！"

梅尔顿站起身，走到卡车边，打开聚光灯，照到那对眼睛周围。在明亮的光束中站着一头成年狮子。它站在那里待了一会儿，然后转身悄悄地溜进黑暗之中。

"猪！"毛拉甘愤愤地说道。

Chapter 3
疯狂的大象

巧克力肤色的刚果土著人，身体健壮，反应灵敏。虽然他们的牙齿并不尖利，但一直都是食人族。他们吃人，并没有任何宗教含义，也不是因为任何迷信思想。他们吃人，只是因为他们喜欢人肉的味道，只是因为人肉相比其他食物更加美味。就像真正的美食家一样，他们知道如何去准备人肉大餐。他们狩猎人，就像其他人狩猎野兽一般。凡是被他们袭击过的人，无不对他们深恶痛绝，同时也恐惧万分。

最近有人告诉泰山，这群刚果土著已经进犯到他的地盘。这些地盘，泰山从孩提时代就一直坚信只属于自己。因此，泰山进行过多次跋山涉水，实地调查。在他身后，行动稍许缓慢的，是一批身披白色羽毛的瓦兹瑞勇士，由著名的慕维洛头领率领。

泰山和梅尔顿相遇后的第二天上午，猿人般的泰山正在平原边上的森林中警惕地巡查。尽管他步履轻松，行动自如，也丝毫看不出半点小心翼翼，但他却宛若影子般悄然无声。他看到了草地中的鼓腹毒蛇，看到了在树木之中等候捕获树上猎物的蟒蛇。他避开了它们。他稍微兜了点圈子，免得从喇叭树下经过，从而避免从喇叭树上掉下来的黑蚂蚁在他身上叮咬。

现在，他停下脚步，转过身，回望平原和森林边缘。他所听见的，你我都难以听到。因为，我们的生活在某种程度上并不依赖于敏锐的听觉。有一些野兽，视力极差，却有着惊人的嗅觉和听觉。泰山作为一个人类，天性并不适宜生活在这种蛮荒之地。但是，长期生活于此地，他的各种感官都开发到了极致。所以就在此刻，遥远地方传来的动物奔跑声，你我虽都不能听到，他却能分辨得清清楚楚。而且他还听到了另外一种声音，一种十分奇怪的声音，就像在公园大道上狮子被杀死时发出的咆哮，像是汽车排放尾气的"突突"声。

这种"突突"声越来越近，而且传来得很快。接着传来另一种声音，这种声音淹没了之前的声音——机关枪的连发声。随即，一群斑马从泰山身边呼啸而过，一辆小车紧随斑马侧翼。一个人开着车，另外一个人正用冲锋枪扫射飞奔的斑马群。斑马纷纷倒地，有些当即毙命，有些只是受了伤。但是汽车并未停下，车上的人对于垂死斑马的痛苦置若罔闻。

泰山根本无力阻止这一切，只能愤怒地看着马儿被屠杀。他之前目睹过狩猎的残忍，却从未见过眼前的阵势。他对人的评价，向来不高，此刻达到了最低点。他走入平原，满怀仁慈地结束掉那些受了致命伤的马儿的生命，帮助它们摆脱痛苦的折磨。泰山尾随着车子，目睹了被车子摧残过后的狼藉。他最终将与那两个男人相遇，到了那个时候，必将要清算总账。

在离他很远的地方，惊恐的幸存斑马被赶进了一个岩石沟壑，攀上另外一侧山坡，最后消失在山峰另外一侧。毛拉甘将车停在山脊脚下。

"天呐！"他惊呼道，"这才是刺激的运动！等到我把所有的斑马脑袋都砍下来排满一面墙，准会让公园大道的那帮家伙吓得屁滚尿流。"

"孩子，你确实应该清理一下战场了，"马克斯说道，"刚才我们只是射杀。"

"乔伊，我并不是一个陆战队的专业步枪手。现在如果让我碰到一群狮子……天哪！"

森林延伸到了峡谷的前端，树林茂密粗壮。林中有一些动静，但是这两个蠢货却丝毫没有发觉。他们点燃雪茄，享受短暂的放松时光。

"我觉得我们最好快点启程返回，清理猎物，"毛拉甘说，"这些被射中的斑马，我可一头也不想落下。说实在的，按照这个速度，我应该可以在一个月里猎杀带回一千头左右的猎物。我确信，等我回到家乡，那帮搞新闻的可有得写了。我要让其中某个搞摄影的家伙给我照个相，照一千颗各种各样动物脑袋顶上的样子。这样的照片定会风靡整个美国媒体。"

"那是自然的，孩子，"马克斯附和道，"我们一定会让非洲名声大噪，广为人知。"他一边说一边抬头望了望峡谷山坡上的树林。突然间，他眉头皱了起来。"嗨，孩子，快看！那是啥！"

毛拉甘抬眼望过去，然后警觉地端起了机关枪。"嘘……"他小声地告诫道，"运气太好了！那是一头大象！"他抬起枪口，准备扣动扳机。一头大象忽然咆哮着现身于空旷之地，紧跟着又是一头，一头接着一头，整整七头庞然大物向他们跑来，而此刻机关枪哑火了。

疯狂的大象 | 017

"见鬼！"毛拉甘惊呼道，"没等我把枪弄好，它们就全部都跑开了。"

"它们可没准备跑开，"马克斯说，"它们正奔向我们。"

大象虽然视力太差，但最终还是发现了汽车。顿时，它们扬起獠牙，竖起大耳朵，咆哮着冲了过来。但就在这时，毛拉甘摆弄好了机关枪，又开始将子弹射向大象。一头大象被击倒了，其他的摇晃着身躯转身离开。对于它们来说，机关枪太厉害了。但是，其中一头水牛般的大象，却被身上的伤口激怒了，疯了似的继续往前冲了过来。

机关枪又哑火了。毛拉甘沮丧地扔掉枪，尖叫道："乔伊！宰了它！机关枪没子弹了！"

两个人赶紧躲到车子另外一侧，大象迎头撞向汽车。大象巨大的身躯结结实实地撞中汽车，把车撞得四轮朝天。大象踉踉跄跄地想再一次越过汽车，却一下子倒在车身上，死了。

两个人慢慢地回到车子跟前。"天哪！"毛拉甘说，"看看它对这辆老爷车做了什么！亨利现在认不出它了。"他蹲下身子，趴在地上想看看汽车下面。

马克斯则像白杨树一样浑身发抖。"假如它没死，"他说，"我们现在身在哪里？现在我们该怎么办？"

"我们只能在这里等着卡车回来。我们的枪被压在车子下面了。卡车或许能将那头死了的大象拖开。我们必须把枪弄出来。"

"我向上帝祈祷，让我回到百老汇去吧！"马克斯打着喷嚏说道，"那里可没有大象，也没有枯草热。"

疯狂的大象 | 019

Chapter 4
三人被俘

　　内其马极度恼火。首先，机关枪的枪声弄得他心烦意乱。他被吓得不轻，以至于放弃了主人给他的庇护所，逃离了他主人的肩膀，攀爬上近旁的树梢。泰山出发前往平原，他虽然跟了上去，却并非心甘情愿将自己暴露于平原。因为，非洲的太阳直射地面，没遮没拦。其次，持续的机关枪声仿佛要击碎他神经似的，更令他恼怒。枪声从他们正面传来。他独自疾走在主人身后，嘴里不停地咒骂着自己的主人。在内其马看来，在这个世界上自寻麻烦没有意义，因为这个世界已经有够多让人心烦的事了。

　　泰山听到了枪声，也听到了受伤大象的哀鸣声，听到愤怒象群的咆哮声。他也想象得到那种残酷的悲剧场面，就像他亲眼见证了一样。他心头怒火中烧，让他忘记了作为白人的法则。对于泰山来说，大象是他最好的朋友。他现在宛若一头野兽、一个杀手，正疾速奔向声音传来的地方。

传到泰山和小内其马耳朵里的声音,也传到了在峡谷密林里那些人的耳朵里。那些人正悄然地穿越密林,暗地侦察。他们小心翼翼地行走,因为他们知道,那些声音意味着有白人存在,许多带有武器的白人则如同毒药。他们希望白人的数量不会太多。

泰山来到峡谷的边缘,仔细地察看下面的场景。这时,峡谷对面的森林里,也有人正往下察看着。

他们看到了泰山,但是树木和灌木丛隐蔽了他们,致使泰山看不见他们。风从泰山的后背吹来,他也无法嗅到他们的气味。

峡谷下的人群中,马克斯最先看见了泰山,随即也引起了毛拉甘的注意。两个人一起看着人猿般的泰山缓缓地走向他们。

内其马感受到有麻烦,待在高处,喋喋不休地咒骂着。泰山继续走向那两个沉默的人。

"你想要什么?"毛拉甘问道,一边问一边伸手去掏臀部的枪。

"你、杀、的?"泰山问道,用手指了指那头死了的大象。愤怒之中他又开始一个音节一个音节地往外蹦词,让人联想起许多年前他向英国人做自我介绍时的情景。

"是的,那又怎样?"毛拉甘的语气让人生厌。

"泰山也要开杀。"泰山一边说,一边继续往前靠近,离毛拉甘只有五英尺的距离时,毛拉甘立马掀开枪套掏出枪,扣动扳机射击。尽管毛拉甘这一连串动作很快,但是泰山却更加迅速。他一把抬起毛拉甘手中的枪,子弹射入空中打偏了。泰山夺过枪,扔到地上。

毛拉甘龇牙咧嘴地笑了笑,一副嘲弄的模样。他心里想,这个家伙真是不知天高地厚,敢跟世界重量级拳击冠军寻开心。"这么说你就是那个混蛋泰山吧。"毛拉甘说道,迎面对着泰山的下巴就击出一拳。

拳头落空了，毛拉甘很惊讶。更令他吃惊的是，人猿泰山伸掌狠狠地抽了他一记耳光，打得他顿时倒在地上，几乎昏死过去。

马克斯惊恐万状地围着倒在地上的毛拉甘跳来转去。"快起来！你这个蠢货！"他朝毛拉甘吼叫道，"快站起来杀了他！"

内其马在峡谷边缘蹦蹦跳跳，向敌人表示蔑视和侮辱。毛拉甘慢慢地站起身。他心里本能地数到了九，已经起了杀心。他扑向泰山，泰山却又一次让他扑了个空。随后毛拉甘一把缠住泰山右手，狠狠地击打泰山的腰部，企图将泰山置于死地。

泰山用左手腾空举起毛拉甘，将他重重地摔在地上，随后骑到他身上，用钢铁般的手指锁住了毛拉甘的喉咙。毛拉甘挣扎着想站起来，却是徒然无助。泰山的喉咙里发出一声低沉的吼叫。这是野兽般的吼叫，让毛拉甘这位冠军体会到从未有过的恐惧。

"乔伊，救我，乔伊快救救我！"他哭喊道，"这家伙快把我杀了！"

马克斯已经成了废人。他只能在边上打转转，嘴里不停地尖叫："快起来，蠢货。站起来杀了他！"

内其马也蹦来跳去地打转转，嘴里也不停地尖叫。但是，他打转和尖叫的理由却与着急上火的马克斯不同。因为，这三个家伙的注意力都集中于打斗，而他却另有发现。他看见一群野人正从峡谷另外一侧的森林里冲下山来。

这些刚果土著发觉山下的三个人都把心思用在打斗上，完全没有意识到还有其他人的存在。于是他们悄然进发，希望活捉这三个人。他们这一百来名勇士，个个身体乌黑油亮，健壮勇猛，根本不相信什么歪理邪说，不相信吃人肉会使人生疥疮、掉头发、掉牙齿。他们正飞快地靠近那三个人。

马克斯先看到了这群刚果土著人，他马上尖叫起来，但为时已晚。因为他们已经把他扑在地上，压在身下。凭借人数优势，他们将泰山和毛拉甘也压在他们乌黑油亮的身下。

但是，泰山最终挣脱重压，暂时站立起来。毛拉甘看见泰山将一个刚果土著人举过头顶，用力朝其他土著人砸过去。毛拉甘惊呆了，意识到自己的身体力量根本不及泰山。

不过这反扑只是一时的，也很短暂。对于泰山来说，毕竟也是好汉难敌众手。两个土著人抱住泰山的脚，另外三个土著人抱住他的身子，又把他按倒在地上。不过，在他们捆住他的手脚之前，他又徒手杀了一个土著人。

制服毛拉甘则容易得多。马克斯没有多做抵抗就束手就擒。刚果土著人将他们的双手紧紧地反剪绑在身后，用长矛推搡着他们的后背，将他们赶上峡谷一侧陡峭的山坡，进入密林。

小内其马看了一会儿，之后飞快地穿过平原逃了回去。

森林的昏暗笼罩在他们身上，使得这两个美国人更加沮丧。丛林密布，交错的树冠遮蔽了天空和太阳，使他们魂飞胆丧。在他们周围，除了树木，还是树木！各种各样的参天大树，有的高达两百英尺，直耸云端；地上落叶层层叠叠，软如地毯。枯藤一圈一圈紧绕树干，就像蟒蛇从树底环绕至树顶。有些树木，通身都是树枝，从树梢直到树脚。一些细枝则像流苏般依附在其他植物上。

"你觉得他们会把我们怎么样？"马克斯问道，"绑架我们索取赎金？"

"也许吧，我不知道。但他们怎么拿赎金？"

马克斯摇了摇头。"那他们想把我们怎么样？"

"你为什么不直接问问那个流浪汉？"毛拉甘边说边把头转向泰山。

"流浪汉！"马克斯厌恶地啐了一口，"他把你打得屁滚尿流，孩子。我真希望我在纽约能找到这样的流浪汉，那我就有真正的冠军了。他几乎伸开手掌就把你击倒了。他的一掌太有力了！"

"不过是幸运一掌罢了，"毛拉甘说，"谁都有走运的时候。"

"他将你举过头顶，就像你是只苍蝇似的，但把你摔到地上时，就像扔铁锤一般。我想这也只不过是走运罢了。"

"他不是人类。你听见他的咆哮了吗？就像狮子之类的野兽。"

"我真希望知道他们会把我们怎么样。"马克斯说。

"嗯，他们不会杀我们的。如果他们想杀我们，抓到我们的时候就可以杀，不必再把我们赶到别处去杀死。"

"我觉得你说得有道理。"

刚果土著人押着俘虏，沿着一条羊肠小径蜿蜒穿梭在密林间。小径宽不过十八英寸，经年被无数的人和野兽踩踏，一直通到一条小溪和大河的交汇处。这里有一处还未被丛林占据的空旷地，原来是个村庄，后来被废弃了，于是就被这些土著人当作简易的宿营地。

三人被领进营地，一下子就被欢呼雀跃的女人和小孩包围住了。女人们向他们吐唾沫，小孩子则朝他们扔棍子，后来过来几个土著勇士赶走他们，用绳子套住三人的脖子，再把绳子系在一棵矮树上。

马克斯筋疲力尽，瘫倒在地上；毛拉甘也背靠着树坐下来；泰山仍然站着，眼睛不放过周围每一个细节，脑海中只有一个念头——逃跑。

"天啊！"马克斯说，"我可累坏了。"

"你这家伙从来不好好锻炼，"毛拉甘冷冷地说道，"你每天只盯着我跑六英里的路程，而你却坐在汽车里逍遥自在。"

"那是什么？"马克斯突然问道。

"什么什么？"

"你没听到吗？有人在呻吟。"那声音从小溪的方向传来，但是他们没法看清楚小溪，因为他们眼前有许多树木挡着。

"有人肚子痛。"毛拉甘说。

"听起来糟透了，"马克斯说，"我盼着回到文明的国度。你的主意太高明了，来非洲这种地方。我真希望有人告诉我，他们会把我们怎么样。"

毛拉甘瞟了一眼泰山，说道："他好像一点都不担心。他自己也是个野人，应该知道他们会把我们怎么样。"

虽然他们一直在窃窃私语，但泰山还是听见了他们的话。"你想知道他们会把你们怎么样吗？"他问道。

"我们当然想！"马克斯说。

"他们要吃了你们。"

马克斯一下子坐了起来。他觉得喉咙发干，舔了舔嘴唇。"吃了我们？"他大叫道，"你在开玩笑吧，先生？他们不可能是食人族，那些都是电影和故事里虚构的。"

"不可能？你听见从河那边传来的呻吟声了吗？"

"嗯。"

"那里发生的事，比被吃掉更惨。"

"他们正在那里准备要吃的肉呢，把肉弄得嫩些。你听到的呻吟声，男人、女人或者小孩的呻吟声，有好几个呢。大约两三天前，土著人用棍棒把他们的腿啊、手啊什么的打断三四个关节，再把身子沉到河里，把头系在棍子上，免得他们自杀或者意外淹死。这样浸泡三四天后，再把他们捞起来切成块来烹饪。"

毛拉甘吓得脸色煞白，马克斯转过身吐了。泰山看着他们，

三人被俘 | 025

没有丝毫同情。

"你们害怕了,"泰山说,"你们不想遭罪受苦。但是,在平原和森林中,你却让那些斑马和大象遭罪受苦,痛苦或许要持续好几天。"

"但它们只是动物,"毛拉甘说,"我们是人类。"

"你也是动物,"泰山说,"你受伤了,你遭受的苦难和其他动物没什么两样。我很高兴,刚果土著人会让你们受够了煎熬后才吃了你们。你们还不如这些刚果土著人。你们没有理由猎杀那些斑马和大象,你们不可能把你们杀害的都吃光。刚果土著人杀害你们只是为了果腹,他们吃多少杀多少。相比起你们这些以杀害动物为乐的人类来说,他们可比你们要高尚许多了。"

很长一段时间,三个人都不再言语,各自沉浸在自己的思绪中。宿营地里的喧闹声中夹杂着河边传来的呻吟声。马克斯开始抽泣起来,他已经崩溃了。毛拉甘也崩溃了,只是反应不同。

他抬头看了看泰山。泰山依然面无表情地站着。毛拉甘开口说道:"先生,我刚才一直在想你说的话。你说我们以伤害动物为乐。我以前从没这么想过。真希望自己从未干过那样的傻事。"

Chapter 5
成功逃离

　　一只小猴子飞快地逃离炎热的平原。他绕道而行,极力避开在猎人后面缓缓行进的卡车。很快,它爬上树,在平原边缘的树木间跳来荡去。这是只受了惊吓的小猴子,时刻警惕着那些将猴子肉当作特殊美味的动物。令人悲叹的是,热爱森林的动物在森林里担惊受怕。因为,蛇和黑豹也是树栖动物。还有一些性情恶劣的大猿,避开那些大猿也是明智的选择。因此,内其马尽可能悄然前行,避开耳目。他很少这样一意孤行地奔走,很少这样执着地带着一个目的做什么事情。但是今天,即使是最肥美的毛毛虫、最可口的水果,甚至连一窝鸡蛋都无法使他逗留脚步。内其马正在赶路,飞快地赶路……

　　梅尔顿通过观察斑马的尸体位置来寻找猎人的去向。他心中充满怒气,也感到很憎恨,嘴里不停地诅咒着。来到峡谷的边缘,他看到大象身下压着的汽车残骸,但那两个人却不见踪迹。他下了卡车，走入峡谷。

梅尔顿是个经验丰富的追踪者。他能从压碎的草或折断的树枝中寻得蛛丝马迹。粗粗地察看失事汽车周围的情况，他心里充满忧虑，自己也提心吊胆起来。他端着步枪爬上峡谷一侧的山坡，走回卡车，一边走一边不时地回头看看对面的森林。等到他爬回驾驶室发动汽车后，他才舒了一口气，掉头开回平原。

"他们被野蛮的土著人袭击了，"他心里想，"除了向有关方面汇报之外，我无能为力。不过，等到那个时候，一切都为时已晚了。"

那天晚上，刚果土著人开始狂欢。泰山从他们谈话的只言片语中得知，他们准备明晚开始对他和那两个美国人动手。但是，泰山根本不想被人打断自己的腿和手。他靠着毛拉甘躺了下来。

"转过身去，"他低声说，"我和你背对背躺着，我想法解开你手腕上的绳结，然后你再解开我的。"

"明白了。"毛拉甘说。

森林外一头狮子朝着平原吼叫，刚果土著人的反应表明他们同样害怕野兽之王。他们将驱赶野兽的篝火烧得更旺，敲锣打鼓好吓唬入侵的野兽。他们不是狮子的对手，他们只能狩猎人。过了一会儿，狮子的吼叫声渐渐远去，这些野蛮的土著人继续狂欢。他们跳舞喝酒，放松了警惕。因此泰山得以连续工作几个小时。解开绳结的进程很慢，他的手被绑住了，只能用手指，而且一次只能活动一根手指头。但是，在他的坚持不懈下，打开了一个结。此后，事情就变得简单了许多。半小时后，毛拉甘的手就自由了，他用两只手干得更快了。时间飞逝，转眼已经到了后半夜。种种迹象显示，狂欢即将结束。泰山知道，守卫马上要来了。此时，他终于自由了。为马克斯松绑就更加容易了。

泰山低声说:"匍匐在地上跟在我后面慢慢爬,不要出声。"毛拉甘承认,他自己对于屠杀斑马感到很愧疚。这使泰山拿定主意,给这两个人一个逃生的机会。事实上,毛拉甘也帮助他逃脱。他不喜欢他们,也不想对他们负责。他并不认为自己与他们是同伙,而是将他们视为比野兽关系更远的动物。从孩提时代开始,野兽就是他的安慰。野兽才是他的亲人和伙伴。

泰山一点一点地沿空地爬往森林。如果他是独自一人,以他的速度可以轻而易举地躲进丛林。大猿克查科曾教过他穿梭丛林的本领,那些刚果土著根本追不上他。但是,对于他身后的两个人来说,逃跑的唯一机会就是悄无声息地进入森林。

他们爬了不到一百英尺,马克斯开始打起喷嚏来。因为他患有气喘,爬行时扬起的尘土或者花粉刺激了他。他不是只打了一个喷嚏,而是一个接着一个。顿时,营地那边传来了叫喊声。

"爬起来快跑!"泰山命令道,自己一个箭步冲了出去。三个人向森林飞奔,土著人叫喊着追了上来。

由于马克斯疏于锻炼,刚果土著人先追上了他;就在毛拉甘快逃进森林时,刚果土著人同样也逮住了他。土著人之所以能逮住毛拉甘,是因为他稍有犹豫,而这犹豫很有可能源自他平生第一次产生的想要当英雄的念头,他想要拯救马克斯。土著人追上他后,营救和逃跑已无望。顿时,"一拳"毛拉甘发飙了。

"来吧,蠢货!"他大声喊叫道,使出一记最拿手的右拳打在了一个刚果土著人的下巴上。其他土著人纷纷向他靠拢,围住他,却一个接一个地被他凶猛的左右拳击倒在地。"我要好好地教训你们。"毛拉甘咆哮着说,"居然敢戏弄重量级世界冠军!"这时,一名土著勇士蹑手蹑脚地来到他身后,用长矛柄对着他的头部重重一击。平生第一次,"一拳"毛拉甘倒地出局了。

成功逃离 | 029

泰山坐在空地边缘的树枝上，饶有兴致地充当看客，细细品味毛拉甘的英雄主义行为。这是他在这些塔曼咖尼中发现的第二个令人钦佩的品德，这也促使他更为积极地思考迫在眉睫的命运。死亡对于泰山来说根本无足轻重。身处丛林，死亡早已司空见惯。在他看来，或是在野兽看来，他们整天行走在死亡之中，绝不会太在意死亡的。除非是朋友面临死亡的威胁。

但是，自我牺牲的英雄主义并非野兽的共同特征，它几乎只属于人类，标志着有些人比其他人更有勇气。泰山理解并且钦佩这一品德。正是这一品德，在泰山和毛拉甘这两个原本并非同类的人之间产生了纽带，毛拉甘在泰山心中的地位，一下子超过了他视为天敌的刚果土著。在此之前，毛拉甘在泰山心中的地位低于刚果土著人，低于豺狼，甚至也低于鬣狗。

泰山仍不想管他们，他本来就想让他们听天由命。不过，他产生了帮助他们的念头。产生这种念头的初衷，与其说是为了解救毛拉甘和马克斯，不如说是挫挫这些刚果土著人的锐气，让这些土著人不得安生。

内其马又一次穿越平原。这一次，他站在慕维诺宽阔的棕色肩膀上。慕维洛正是白羽毛瓦兹瑞的酋长。他还是喋喋不休地咒骂，内心觉得自己仿佛是一头雄狮。站在慕维洛的肩膀上，如同站在泰山的肩膀上，小内其马可以让整个世界见鬼去。他的确就是这么想的。

梅尔顿开着那辆缓慢行驶的卡车，远远地看见一大群人靠近过来。他停下卡车，伸手拿起望远镜。当他看清楚目标，他吹了声口哨。

"但愿来者都是朋友。"他心想。他身旁的一个小伙子告诉过他，刚果土著人正在这个地区掠夺,失事汽车周围的种种迹象似乎进一步证实了谣言。他看到他旁边的小伙子已经准备好了步枪,于是继续往前开。

相互越来越靠近之后,梅尔顿看到队伍里有几百名白色羽毛的勇士。他们不断地改变路线来拦截他的卡车。他想加速冲过去。情况看起来很不妙,因为前面的这支队伍显然杀气腾腾。

他叫车厢上的小伙子们取出其他枪支,随时听候他的命令准备战斗。

"别朝他们开枪,大人,"其中的一个小伙子说道,"如果你开枪,他们会杀了我们的。他们都是勇敢的战士。"

"他们是谁?"梅尔顿问道。

"瓦兹瑞部落的人。他们不会伤害我们的。"

慕维洛举起双手拦在卡车前。梅尔顿停下卡车。

"你们来自哪里?"瓦兹瑞酋长慕维洛问道。

梅尔顿把他在峡谷底所看到的都告诉了他。

"除了你那两个白人朋友,你就没见过其他白人吗?"慕维洛又问。

"昨天我看见过一个自称泰山的白人。"

"他和其他人一起被俘了吗?"

"我不清楚。"

"跟着我们,"慕维洛说,"到森林边扎营。如果你的朋友还活着,我们会把他们带回来的。"

小内其马的举动告诉慕维洛,泰山身陷逆境。眼下的种种迹象表明,泰山有可能被害或者被俘。害他或者俘虏他的,就是那个令人闻风丧胆的部落。

梅尔顿看着瓦兹瑞人以日行千里的速度飞奔而去,他也发动

成功逃离 | 031

卡车尾随跟上……

在食人族营地,刚果土著在一场狂欢后都睡得很香,将近中午才渐渐醒过来。他们心情很糟,不仅跑掉了一个俘虏,不少人还被"一拳"毛拉甘打得鼻青脸肿。

不过,那两个白人的身体情况也好不了多少。毛拉甘的头很痛,而马克斯不仅浑身疼痛,而且每当想到土著人杀他之前还要让他受尽折磨,他就感到不寒而栗,几乎要昏厥过去。

"他们会打断我们的手和腿,"马克斯咕哝道,"然后还要把我们泡在水里三天,让我们的肉质柔软。这帮混账的东西!"

"闭嘴!"毛拉甘咬牙切齿地说,"我一直想忘了这一切。"

泰山知道瓦兹瑞人离他并不远,于是回到平原边去找他们。他知道,凭借一己之力,在光天化日下要想从刚果土著人的营地里救出那两个美国人,希望渺茫。一整天,他都在平原边游荡,看看有没有瓦兹瑞人的踪迹,而到了傍晚,借助黄昏的亮光,他折身穿过浓密的树林,回到食人族营地附近。

这一次,泰山选择了从另一个方向接近营地。他沿小溪而下,来到浸泡着俘虏的溪滩处,有几个俘虏还浸泡在溪流里。在营地上方,他闻到了狮子的气味。过了一会儿,他就看到了它们模糊的身影。它们正悄悄地闻着人肉的气味往前走,样子看起来已经饿极了。泰山知道,饥饿的狮子所散发的气味和饱腹的狮子大不相同。每一头野兽都知道这一点。所以,刚进过食的狮子经过食草动物周围却无动于衷,其实这一点也不足为奇。

而这两头饥肠辘辘的狮子,悄然前行,对于它们的猎物来说可不是什么好兆头。十几个刚果土著勇士走到毛拉甘和马克斯身边,切断了绑着他们的绳索,一把将他们拎起来站直,拖到营地中心。营地中心的一棵大树下,头领和巫医已经就座,其他勇士围站在他们身前,妇女和孩童则站在他们身后。

两个美国人被推得跟跟跄跄地仰面朝天倒在地上,然后过来几名勇士,拽住他们的手脚。在他们头顶的树上,一个几乎全裸的白人正透过树叶看着下面发生的一切。他正掂量着能否抓住机会救他们一命,但他也不想为了这两个白人送了自己的命。而在另外一处,两双黄绿色的眼睛也死死地盯着这里发生的一切,两根翘着的尾巴来回摆动。附近的溪流边传来了一阵哀鸣的呻吟声,母狮朝那个方向转了转眼珠,但那头长着黑色鬃毛的公狮继续怒视着营地里的人群。

巫医站起身来,走向那两个俘虏。他一手握着一条斑马的尾巴,尾巴上还续着羽毛,另一手握着一根很粗的棍子。马克斯看见他,开始呜咽起来,他挣扎着喊道:"救救我吧,孩子!别让他们对我这样!"

毛拉甘嘴里喃喃地念着已经记不太清的祷告词。巫医开始围着他们跳舞,将手里的斑马尾巴在他们头顶晃来荡去,嘴里念念有词地说着一些不知所云的咒语。突然,他跳近毛拉甘,把沉重的棍子挥向那个憔悴的人。这时,世界重量级拳王毛拉甘突然挣脱了勇士们的束缚,跳起身,用尽全身的力量挥拳打在巫医的下巴上。他过去在拳击台上可从来没有这么倾尽全力过。巫医下巴被打碎了,倒在地上。集结在一起的勇士发出一声怒吼,一齐扑了上去,不一会就将毛拉甘团团围住。

母狮走近小溪边,朝一个被刚果土著人俘虏的可怜女人头上伸出魔爪。她惊恐地尖叫起来,母狮发出一声可怕的咆哮,随后发起攻击。刚果土著人惊恐地朝声音传来的方向看。这时,公狮径直冲向他们,雷鸣般的咆哮声地震山摇。那些刚果土著转身飞跑,

成功逃离 | 033

把他们的两个俘虏和巫医都落在狮子经过的路上。这一切发生得太快了,狮子一个脚步没站稳,从毛拉甘身旁冲了过去。过了一会儿,巨兽站在那里怒视着那个仰躺在地上的人。毛拉甘也怒视着巨兽可怕的眼睛。他闻到了恶臭的气息,看到了狮子黄色的獠牙和不停流口水的下颌,同时也看到了另一件令他惊奇不已的事:泰山从树上跳下,坐在这头大狮子的背上。

毛拉甘一跃站了起来,向后倒退几步,惊异万状地等待狮子杀了背上的那个人。马克斯也起身,想爬上树,却在极度恐惧中只能用手抱住大树干。母狮已经将那个妇女从河里拖入森林,她痛苦的尖叫声盖过了其他所有的声音。

毛拉甘想逃跑,但他做不到。他一动不动地站在地上,看着眼前不可思议的一幕。泰山的腿紧紧夹住狮子身躯最细的部位,钢铁般的手臂卡住巨兽的脖子。狮子前腿腾空跃起,徒劳地想甩掉背上那个人。狮子的咆哮和泰山的怒吼混杂在一起,但正是泰山的吼叫使得毛拉甘的血液凝固了。

他看见狮子发疯般地在地上打滚,企图甩开泰山,但它重新站起来的时候,泰山仍然紧紧缠在他身上。毛拉甘目睹过许多战斗,见识过一些参赛选手所表现出来的非凡力量和勇气,但他从来没有见识过这样的力量和勇气:几乎赤裸的男子徒手与狮子搏斗。

狮子的耐力与它的力量不成正比。很快,这头巨兽就筋疲力尽了。它四脚着地站了一会儿,气喘吁吁。泰山抓住这个机会,腾出一只手从刀鞘里拔出猎刀。狮子又开始不停地转动,试图抓住它的对手。只见火光中刀光一闪,长长的刀刃深深地插入狮子黄褐色的后肩。狮子发出一声可怕的吼声,扬身跃起;猎刀又一次插入了它的身体。在剧痛和愤怒中,这头巨兽腾空而起。刀再次插入它的侧面。这一刀直接刺中狮子的心脏。终于,它侧身倒地,

成功逃离 | 035

抽搐地抖动身躯,渐渐地一动不动了。

泰山一跃而起,一只脚踩在猎物的尸体上,仰面向天长啸,宛如公猿发出可怕的胜利欢呼声。马克斯原本跪在地上,这时候终于一屁股坐了下去。毛拉甘感到毛骨悚然。那些刚果土著人,本来是要逃避狮子的,此刻却被泰山的一声长啸惊呆了,继续他们的逃命奔走。

"来吧!"泰山吩咐道。他带着这两个人向平原走去——逃离囚禁,逃离死亡,逃离食人族。

马克斯和毛拉甘在营地与梅尔顿会合了。泰山和瓦兹瑞人准备离开,继续追捕刚果土著人,惩罚他们,将他们赶出这块领域。

泰山离开前,又去见了那两个美国人。"离开非洲,"泰山命令道,"永远不要回来。"

"对我来说,一切都结束得太快了。"毛拉甘说。

"听着,泰山先生,"马克斯说道,"如果你能随我回到纽约为我战斗,我给你一百个金币。"

泰山鄙夷地转过身,加入瓦兹瑞队伍,出发了。小内其马坐在泰山的肩膀上,嘴里不干不净地咒骂着塔曼咖尼。

马克斯摊开双手。"你能打败他吗,孩子?"他说道,"他拒绝了一百个金币!但这对你来说是件好事,他一个回合就能打败你这个世界冠军。"

"谁?那个流浪汉?""一拳"毛拉甘回敬道。

丛林凶手

Chapter 1
鬣狗吠声

一个浑身古铜色的巨人，几乎全身赤裸，只在腰间围了一条山毛榉树叶串成的条带，大踏步地悄然行走在密林小径上。他就是泰山。在清晨清新的空气中，他在那辽阔丛林中穿梭。这一片森林或多或少显得空旷，偶尔还有几片自然形成的空地。空地上零星地生长着几棵树木。在这种并不茂密的森林里，泰山的步伐很快，几乎贴着地面飞奔。如果丛林茂密，他就会像猿猴一样在树木中攀爬穿梭，展现出猿的力量和猴子的速度。人猿泰山尽管在他孩提时代与人类文明有过一段时期的接触，但长期的丛林生活已经赋予他在丛林中生存所需的各种技能与力量。对于周围环境，他似乎漫不经心。但是，这种漫不经心是具有欺骗性的。对于丛林中的景象和声音，他已经烂熟于心。事实上，每时每刻他都处于一种戒备状态。例如，泰山知道，一头狮子正躺在他左边一百英尺的灌木丛中。兽王躺在一头斑马的尸体旁，斑马的肉已经被它吃掉了。他既没有看见狮子，也没有看见斑马，但他知道它们就在那里。因为，他的嗅觉极为敏锐，可以捕捉到风中的气息。长期的丛林生活也教会他分辨出狮子和斑马的不同气味特征。已经吃饱了的狮子，它的气味与一只饥肠辘辘到处觅食的狮子是完全不同的。所以泰山敢于无所顾忌地从狮子身边走过，因为他知道狮子不会进攻。相较于其他方式，泰山更喜欢通过嗅觉去辨别事物。一个人的眼睛，在黎明和黑夜里总是具有欺骗性，耳朵也可能会受到错误想象的干扰，但是嗅觉从来没有失败过。它总是正确的，它总是告诉一个人什么是什么。因此，如果一个人不能顺风行走，比如他自己改变了路线，或者风向发生了改变，这种情况下，他真的很不幸。现在泰山正经历前一种情况。他正横风移动，顺道避开一条小溪，因为他现在没心情游泳。因此，他的嗅觉暂时不那么有用，只能凭借其他感官来获取信息了。

此时此刻，有一种声音进入泰山的耳朵里。除了他，其他生物可能都无法捕捉到。那就是远处鬣狗的号叫。泰山感到头皮发麻，每次听到那种不愉快的声音时，他总会这样。除了鳄鱼之外，人猿泰山对所有其他动物都心怀敬意。但对于鬣狗，他却满是不屑鄙夷。

他鄙视这种动物肮脏的习性，讨厌它的气味。正是因为他讨厌这种动物的气味，他通常会尽量避开鬣狗出没的地方，以免即使不是出于仇恨，他也会控制不住去杀死这些生物。他觉得这样不对。只要鬣狗不作恶，泰山就会饶了它——他总不能因为不喜欢它的味道就杀了它，对吧？另外，鬣狗的嗅觉也和他一样灵敏。泰山又要改变他的方向了，这次是为了避免靠近鬣狗。就在这时，鬣狗的叫声里突然出现了一个不同寻常的声音，这让泰山完全改变了自己想要更换路线的想法。这是一个奇怪的声音，里面透着不同寻常的含义。

泰山的好奇心上来了。于是决定去一探究竟。他加快了自己的速度。当森林变得茂密起来，他飞快地跳到了树上，在树木之间不断地跳跃。当他与猴子擦肩而过的时候，猴子们不停地与他打招呼，而他也飞快地与他们打声招呼，告诉他们现在无暇停下来与他们攀谈。在平时，他可能会停下来与小猴们嬉戏一番，而母猴们则在一旁观看，或者公猴会试图诱骗他，让他和他们一起玩摘椰子的游戏。但是现在，他急着要弄明白，鬣狗的号叫中为什么会有不同寻常的声音。

然而，一只特别淘气的猴子突然向泰山扔过来一个椰子。他这么做并非出于恶意，因为他知道泰山的眼睛很敏锐，能够躲开。他完全没有想到泰山会快速反击。泰山抓住了这枚椰子，用几乎一模一样的动作扔了回去，椰子球并没有被猴子抓住，而是撞在它毛茸茸的胸口。其他猴子顿时爆发出一阵大笑。那只淘气的猴子，一只手揉着胸口，另一只手不好意思地挠了挠自己的头。

"和你的兄弟们一起玩吧，"泰山大声说，"我现在可没时间玩游戏。"

他加快了速度。鬣狗们的吼叫声越来越大，它们的气味也越来越难闻。他向空中吐了一口唾沫，但并没有偏离他的路线。最后，在一片空地的边缘，他俯视着这片非洲荒原上的奇异景象。地上躺着一架飞机，部分已经损坏了。在那里，飞机残骸周围有六条鬣狗，都伸出舌头，淌着口水，散发出令泰山恶心的气味。它们不停围着飞机打转，偶尔也在飞机的一侧高高地跳起来，显然是想得到飞机内部的什么东西。

泰山遏制住自己的反感，轻轻地纵身跳到地上。尽管落地的声音很微弱，但鬣狗还是听到了，并迅速地向他转过身来。它们吼叫着稍稍往后退了几步。除了面对尸体，后撤永远是鬣狗的第一反应。随后，它们发现泰山只是孤身一人，其中一些胆大的鬣狗露出尖牙一点一点向泰山挪过来。泰山与这些鬣狗向来势不两立，相互之间都充满敌意。他似乎对这些鬣狗不屑一顾，连背上的弓箭都没有拿在手里，猎刀也还插在刀鞘里，甚至连长矛也没有举起来好吓唬吓唬这些鬣狗。他的蔑视一览无遗，但他并没有放松警惕。他了解鬣狗已经很久了：胆小怯懦——但是当被饥饿驱使时，它们还是会用尖爪和利牙进行突然攻击。他现在嗅到了它们的饥饿感。所以，他表面上一副轻蔑的模样，但内心却很警惕。

泰山的漫不经心使鬣狗更加大胆，向他一步步靠近。突然之间，体形最大的一条鬣狗扑向他的喉咙！它的獠牙还没咬住泰山喉咙，泰山就伸出古铜色的长臂，钳住了它的脖子，把它的身体从头顶一挥，就用惊人的力量把它扔向其他鬣狗，于是三条鬣狗被撞倒在地。

那条被扔过去的鬣狗再也爬不起来了，但被撞倒的三条鬣狗几乎立马就站立起来。所有的鬣狗马上围着那条死鬣狗的尸体开始抢食。没错，泰山知道对付鬣狗最好的方法。

趁着鬣狗正在抢食同伴尸体之际，泰山检查了飞机，发现飞机并未完全损坏。一侧机翼折断了，起落架也碎了。事实上，并不是飞机上的金属和电线把鬣狗引到这里，而是飞机里鬣狗无法触及的肉体和血腥味。飞行员仍然坐在驾驶舱中，但是他的身体向前弯曲，头靠在仪表板上。飞机是意大利军用机。泰山记下了飞行员身上佩戴的徽章以及金属牌上的号码。他从机翼爬进了机舱，仔细地检查了飞行员的身体。

泰山喃喃自语道："死了一两天了，喉咙左侧有子弹穿过。奇怪的是，我敢打赌，这个人是在空中受伤的，他挣扎着让飞机着陆。

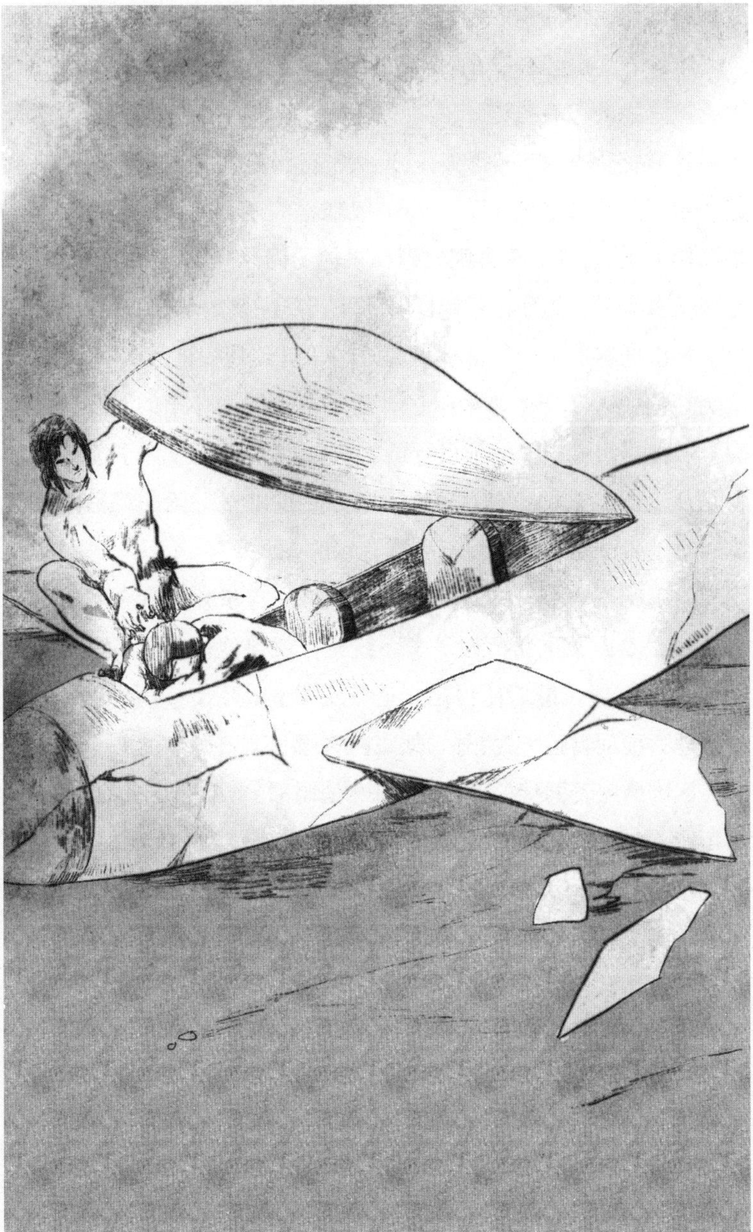

他还有同伴,但并不一定是他们开的枪。"

用不着泰山劳心费力,他就能推断出,死去的飞行员还有同伴。飞机机舱的地上有鞋印,不是土著人的脚印,而是有鞋跟的鞋印。周围还有些烟蒂和玻璃纸。但是,飞行员是否被同伴所杀则有待进一步探究。从表象上看,几乎很难相信还有其他原因。如果不是同伴射杀他,还会是谁呢?但如果他的同伴开枪,要么来自右侧,要么来自身后。然而,子弹穿透了飞行员左侧的咽喉。

泰山低声骂了一句丛林里的脏话,继续喃喃自语道:"不可思议啊!这个人在空中被射中了,又不是他的同伴干的,那会是谁呢?"他再次检查了一下飞行员的伤口,眉头紧锁,摇了摇头,"子弹是从上面下来的……这怎么可能……除非……除非是另一架飞机。对了!一定是这样!不可能有别的方式!"

的确稀奇古怪!在非洲的中心地带,这里几乎远离所有的飞机航线。泰山又重新梳理了一下线索,就像他往常分析丛林中的蛛丝马迹一般,最后他得出了确定无疑的总结。结论非常确定,现在他只能问自己:"另外一架飞机去哪里了?"

鬣狗撕咬着同伴的肉,津津有味地咀嚼着,嚼完后吸抽着鼻子,嘴角淌着口水,时不时地龇牙咧嘴。这些声音传到了泰山的耳朵里,他吐了唾沫以示厌恶。他几乎想带着矛和刀冲过去,把它们消灭了拿去喂秃鹰。但他喃喃自语道:"这里还有更重要的事情,关乎人类的事情,我要先解决他们的事。"

泰山继续检查。他捡起一只右手手套,打开手套闻了闻里面的味道,泰山的鼻孔颤动了一下,把手套扔在地上,手套里的气味却久久挥之不去。他跳出机舱回到地面,一眼又看见鬣狗争吃同伴的恶心样子,还听到它们的声音,又闻到它们身上越来越浓的气味。

泰山受不了了。他宽广的胸膛里爆发出一声巨响,随后挥舞起长矛冲向鬣狗,吓得它们四散逃走了。他知道,它们还会回来,继续享用同伴的尸体。但此时此刻,他要安心完成检查,至少眼下不用看到它们来气。

他仔细检查了一下地面,轻声说道:"两个人,他们从这里出发……"尽管他自言自语,他还是用手往下指了指。"然后他们去那里了,"他又用手比划了一下,"虽然是两天前的踪迹,但并不难跟随。我要跟着这些踪迹看看。"

泰山做出这个决定,出于多方面考虑。如果这些从天上掉下来的人还活着,现在还身处丛林,那么,毕竟同为人类,很可能需要帮助。另外,这些人是外来人,泰山有责任弄清楚这些人是谁,要在他的地盘上做什么。因此,他毫不犹豫地开始行动起来。

大象丹托大摇大摆地来到他面前,垂下长鼻子,准备将泰山驮到背上。可是泰山没有时间享受这份待遇。越靠近地面,则越容易追踪,于是他喊道:"快回象群吧,丹托!"不过,为了安慰一下大象,免得让它伤心,泰山跃起跨到丹托背上,在它耳朵后揉了揉,又跳了下来,继续追踪去了。丹托心满意足地摇晃着走开,象鼻高高举起,重新回到它的象群里。

风神乌莎也来干扰了泰山一下。风儿轻轻吹拂,便把一种全新的气味传到泰山的鼻孔里——一种完全不属于非洲丛林的气味。泰山循着新的气味,偏离了原来的路线。很快,气味变得越来越浓烈,他确定那是汽油的气味。这里又有个谜团。有汽油,意味着有人的存在。但是,他从空气中嗅不到人的气味。尽管如此,汽油味进一步证实了他先前的判断,的确还有另一架飞机。很快,实际情况也验证了他的判断,那里有一大堆残骸。它曾是一架在非洲上空盘旋的人造鸟。现在,它变成了一堆残骸,成为悲剧的证据。泰山知道，解开谜团的另一半答案就在这堆残骸里。

这就是那另一架飞机，这架飞机上的人开了枪，子弹击中了另外一个人的喉咙，杀害了他。这架飞机的机尾显示出，它也曾遭受到猛烈的炮火攻击。是的，很明显空中发生了一场战斗，一场并非势均力敌的战斗。因为，很显然，第二架飞机上的那个人只带着一把左轮手枪。但无论平等与否，第二架飞机上的人设法避免了第一架飞机上的人的厄运。瞧那里，一片被践踏过的草地。第二架飞机上的人曾经回到飞机，然后又走了。泰山循着足迹，不一会儿就看到了一大团纠缠在一起的绳子和丝线。

"这是降落伞，第二架飞机上的人跳伞了。"泰山脱口而出。

泰山的脑袋一下子忙碌起来。他眼望远方，脑子里不断地想象着当时发生的情景。"很明显，一号飞机袭击了二号飞机，因为一号有机关枪，而二号没有，而二号飞行员有左轮手枪，他向一号飞行员开枪，一号飞行员迫降后死亡，被两名同伴遗弃。机关枪的子弹击中了了二号飞机，飞行员跳伞，降落在离一号飞机几英里远的这里。这么说来，总共有三个人离开了这两架飞机。

"他们都还活着吗？为什么会发生这一切呢？"泰山很想知道其中的缘由。

但他没有答案。泰山可以弄明白发生了什么，但却无法知晓其中的缘由。他知道，这片丛林很可能会把答案死死地锁住。对于那些不了解丛林法则的人来说，丛林向来铁面无私，残酷无情。那三个流落于丛林之中的人，即使现在还活着，也很少会有机会生还。

泰山摇了摇头，显然对这个答案并不太满意。人道主义在他胸中激荡。第二架飞机是英国的飞机，它的飞行员可能也是英国人。另外两个人可能是意大利人。泰山的体内流淌着英国人的血液。

在他眼中，一个人的生命甚至比不上一头羚羊。泰山会毫不犹豫地帮助陷入困境中的羚羊。但是如果人陷入困境，他倒要思量一番，看看陷入困境的人是否值得帮助。其中的差异在于，陷入困境的羚羊永远值得帮助，但有时候人并不值得帮助。现在，泰山说不准这些人，尤其是英国人，是否值得他帮助。

泰山自言自语道："先救英国人。但愿在狮子或者其他野兽遇到你之前能让我找到你。"

就这样，泰山开始追踪其中某个人的踪迹，一个他也不知道是谁的踪迹。实际上，泰山追踪的，正是塞西尔·吉尔斯·伯顿中尉。

Chapter 2
命运之线

命运是一条线,把不同的事件、人物连接起来。连接起身处于非洲丛林里泰山的那根线始于芝加哥霍勒斯·布朗的实验室。命运之线将泰山连接到伯顿中尉,将伯顿中尉连接到伦敦一位名字叫祖巴涅夫的人,将祖巴涅夫与约瑟夫·坎贝尔(也常被人叫普茨乔)连接起来,坎贝尔又连接到整天喋喋不休的玛丽·格雷厄姆。而玛丽·格雷厄姆正是霍勒斯·布朗的秘书。

从芝加哥到非洲,这是一条长长的线,线上血迹斑斑,并且将会沾染上更多的鲜血。霍勒斯·布朗是美国的一位发明家,玛丽·格雷厄姆是他的秘书,深得他的信赖,就是话太多。霍勒斯·布朗发明了一项技术,对军事意义非凡。玛丽也知道这件事。在一次聚会上,玛丽讲得太多了。她本来并非故意要泄密。唉,玛丽长得不漂亮,总是想以惊人之语来博得眼球。这一次,非常不幸的是,她博错了眼球,对一个名字叫约瑟夫·坎贝尔的人说得太多了。对玛丽来说,男人都是一个德行。虽然坎贝尔并非特别有魅力,但他对她兴趣盎然,使她受宠若惊。她把他对她所说的话感兴趣误认为是对她本人感兴趣。霍勒斯·布朗的发明是一种电子装置。这种装置可以在距离三千英尺内的地方破坏任何内燃机的点火系统。

"你可以想象一下,在战争时期这意味着什么。"玛丽眉飞色舞地说道,边说边晃了一下左手,其目的与其说为了强调,还不如说是为了显示她惯于打字的手指上没有戴结婚戒指或订婚戒指。"这样一来,敌人的坦克或其他机动设备就只能待在一千英尺以外的地方。敌人的轰炸机,还没等它们抵达轰炸目的地就可能被击落。运载轰炸设备的飞机,就很容易遭受到攻击——"

玛丽继续高谈阔论,根本没有意识到塞西尔·吉尔斯·伯顿中尉,没有意识自己的话已经不经意间严重地危及祖巴涅夫、泰山以及他人的生命。她脑子里只想着,这里有个男人对她感兴趣。

约瑟夫·坎贝尔的眼睛里流露出赞赏的神情——赞赏自己得到的情报,而她还误以为是赞赏她自己,因为她看见坎贝尔听得聚精会神、全神贯注,而且似乎怦然心动。实际上,坎贝尔已经感觉到巨大的财富正向他招手,只不过目前还不确定如何将这笔财富变成现实。

"我想看看那个发明出来的小玩意儿。"他漫不经心地说。

"不,你看不到,"玛丽说,"目前谁都看不到它。为了防盗,它被拆除了。布朗先生只保留了图纸,而且只有一套图纸。"

"好吧,无论如何,我想和他谈谈,"坎贝尔说,同时意味深长地瞥了她一眼,"那样的话,我们也有更多见面的机会了。我甚至可以资助布朗先生。"

玛丽遗憾地摇摇头。"恐怕也不可能。布朗先生正在去伦敦的

命运之线 | 049

路上，准备和英国政府商谈。你看，他的意思是只有这两个国家拥有这项发明……"

玛丽·格雷厄姆就这样天真地开启了沾满鲜血的命运之线。那天晚上，约瑟夫·坎贝尔告别玛丽·格雷厄姆之际，他信誓旦旦地跟她说，第二天晚上会给她打电话。但她却再也没有接到过他的电话。约瑟夫·坎贝尔从她的生活中消失了，正如我们也不再提起玛丽·格雷厄姆这个人……

一周后，在大西洋的另一边，霍勒斯·布朗已经与英国政府达成了一项令人满意的协议，正在伦敦的一家小机械商店组装他的小装置。他以为只有他自己以及有关当局知道他在做什么，因此没有采取特别的预防措施来保护自己。白天，两个可靠的机械师一同协助他。晚上，他把图纸带回住处。这个住处是他自己找到的，离他组装装置的地方很近。

尼古拉·祖巴涅夫是一个俄罗斯流亡者，也住在这里。他个子不高，行踪神出鬼没，似乎与世无争。很显然，政府部门并不认为他与世无争，所以派人监视了他。但祖巴涅夫并不了解这一切，另一个住客也不知情。这个住客来自美国，最近才搬进来，与祖巴涅夫相处得很融洽。

然而，尽管政府小心翼翼，有一天早上还是发现霍勒斯·布朗死于非命，图纸也不见了。一同不见的还有祖巴涅夫以及新来的那名住客。

政府从不同渠道收集情报。一周后，坎贝尔和祖巴涅夫被发现已经去了意大利的罗马。其目的不言而喻，他们去那里是为了把偷来的图纸卖给意大利政府。在罗马的英国特工立即开始行动。与此同时，塞西尔·吉尔斯·伯顿从克罗伊登乘专机飞往意大利首都，而报纸说他正在飞往非洲的开普敦。

在意大利，坎贝尔和祖巴涅夫只想把情报卖给一个人。但这个人他们很难见到。祖巴涅夫向来对谁都不相信，他制定了一个防备措施，以防意大利有关部门强行将图纸抢走。他将图纸藏在手提箱的夹层里，并且把包留在旅馆房间里。

面谈中，这个了不起的买家对图纸的兴趣越来越浓。他们商定了一个价格。以这个价格成交，足以使坎贝尔和祖巴涅夫两人的后半生衣食无忧。当然，前提是根据图纸制造出来的实验装置能够完成预定的任务。

坎贝尔和祖巴涅夫回到他们的公寓，脸上流露出得意扬扬的神情。然而，当他们打开祖巴涅夫房间的门时，他们的得意表情凝固了。有人趁他们不在的时候去过那里，把房间翻了个底朝天，翻完了也没将物件归位。祖巴涅夫一个箭步冲向那个装着夹层的手提箱。包还在，夹层也在，但图纸不见了。

他们惊慌失措地打电话给那个了不起的买家，那个人立刻采取了行动，下令对所有准备离开罗马的人进行搜查，并且严查每个边境海关。但是据有关方面报告，接到搜查令的二十五分钟前，一个名字叫塞西尔·吉尔斯·伯顿的英国飞行员已经驾机离开，大概去了开普敦。通过进一步调查，又发现了新的情况，那个飞行员一直住在坎贝尔和祖巴涅夫下榻的同一家旅馆。他退房离开旅馆半个小时后，坎贝尔和祖巴涅夫才回到旅馆，发现失窃。不到一个小时，坎贝尔和祖巴涅夫乘坐一架由托利尼中尉驾驶的军用飞机起飞了。

Chapter 3
失事飞机

塞西尔·吉尔斯·伯顿驾机往南飞，飞向非洲海岸，地中海的蓝色海水渐渐远去。迄今为止，任务进展得相当顺利，本来现在就可以轻而易举地掉头往西飞，返回伦敦。但他没有这样做。这其中另有隐情。他接到命令，要求他继续向南飞，前往班加利。他父亲是那里的驻地专员。他把偷来的图纸交给父亲，然后继续前往开普敦。就像报纸上说的那样，这似乎只是一次普通的飞行训练。因为英国政府认为，让一个友好国家怀疑英国特工窃取了该图纸是不明智的，尽管这些图纸本来就是从英国偷走的。伯顿中尉的父亲正是班加利的驻地专员，所以中尉自然被选为执行该任务的最佳人选。还有什么比儿子在飞往开普敦的途中停下来看望父亲更自然的呢？事实上，政府部门的记录中显示，他过去也曾要求批准这类降落。

虽然班加利有一个紧急机场，但它并不在主航线上。还有一个问题,飞机是否可以在那里加油?所以,伯顿决定在突尼斯着陆并充满油箱。当他在突尼斯机场加油时,一小群好奇的人围住他的飞机。法国机场的手续办理得很顺利,当他和几个官员聊天时,一个当地人靠近他,他说一口流利的英语:"如果你在这里呆得太久,意大利人很有可能比你先到开普敦。""噢!这还是一场比赛!我怎么不知道?"一个法国人说道。

伯顿脑海中闪过了一个念头,意大利政府正在追击他!但他却试图告诉人们,这只是一场飞行训练比赛。伯顿笑着说:"这不是真正的官方比赛,我只是和一些意大利朋友私下里打赌。如果我不想输,我最好赶紧离开了。"

五分钟后,他再次踩着油门往南飞行。飞机提速很快,这都多亏了他在罗马的同伙考虑周全,同时也多亏在突尼斯当地潜伏特工的机敏。伯顿在突尼斯多花了半个小时,很快天就要黑了,如果他的追击者没有很快追上他,他希望可以在夜里甩开他们。他正直接飞往班加利,这条航线通往开普敦东部,比常规的航线更偏西些,但安全性更高。他不经意地回头看了一眼,在夕阳的最后一缕余晖中,他终于看到,远处一架飞机机翼表面反射出闪闪银光。那架飞机整夜都尾随着他。那是架更为轻便的飞机,锲而不舍地尾随着他。

他想知道敌人的计划是什么。他知道他们的目标不是他,而是那些图纸。他只有到了班加利,图纸才会安全,因为到了那里,他可以得到充分的保护。但事与愿违。黎明来临,追赶的飞机飞到了他身旁,翼尖几乎碰到了他的飞机。他发现,那是一架意大利军用追击机,由一名意大利军官驾驶。飞机上的其他两个人,他认不出来。尽管他从未见过坎贝尔和祖巴涅夫,但他猜想,那两个乘客就是他们。

失事飞机 | 053

他们的下方是一大片空旷的田野，意大利军官正示意他降落。他相信，班加利离这里不超过五十英里。于是他朝他们摇了摇头。顿时，他们把机关枪对准了他，他一会儿将飞机倾斜，一会儿又飞到他们下方躲避。他唯一的武器是一把手枪，他把枪拔出来，朝那架飞机的肚子开火，希望足够幸运，能击中飞机的控制系统。那架飞机也开始倾斜着往下飞，并且掉了个头，而他则踩足油门加速往高处飞，但那架飞机很快便赶了上来。他调转机身，又向他们开了四枪。突然，一阵机枪扫射，把他的方向舵和稳定器都给打飞了，飞机顿时失去控制，在空中打了个转。他尽了最大努力控制飞机，却还是失败了。他关掉引擎，用降落伞跳伞，平稳地降落到地面。降落伞往下降落时，他注视着另一架飞机。那架飞机也在空中很不稳定地飞行，他猜想可能自己击中了那架飞机的飞行员或者损坏了控制系统。他看了它最后一眼，随后它消失在往南几英里的森林里。

因此，这两架飞机降落在两处不同的地方。后来，泰山分别找到了它们，却不知道发生了什么。

伯顿飞快地站起身来，解开降落伞的安全带，环顾四周。周围没有发现活的动物。他身处非洲荒野之中，只约莫知道离开班加利的距离，而且他相信，班加利就位于南面偏东方向。他的飞机已经成了几百英尺外的一堆残骸，还好他切断了引擎，飞机并没有燃烧起来。这样，他还可以拿走里面的食物和子弹。他发现自己陷入了困境，或许情形比他意识到的更糟糕。他冒着生命危险获得的图纸牢牢地缝在他的衬衣里面。他摸了摸衬衣，看看图纸是否还在。结果令他满意，于是他走到失事的飞机上，取走弹药和食物，马不停蹄地朝班加利方向出发。因为他知道，如果追击他的人也安全着陆，很可能正在寻找他。

如果按照他的估计，班加利就在五十英里开外，而且他估摸的方向也不错，他觉得自己两天后就可以抵达那里。他在心里默默祈祷，希望自己没有身处狮子王国，如果遇到土著人，希望他们友善地对待他。但事与愿违的是，他恰恰身处狮子王国，土著人也并不友好。而且，班加利还在三百英里之外。

Chapter 4
丛林召唤

由芝加哥的霍勒斯·布朗开始编织的那根命运之线,在某个地方浸染着他的鲜血,继续出发,两天后,蜿蜒曲折地缠绕住身处非洲、痛恨鬣狗的泰山。第三天,泰山开始追踪英国人塞西尔·吉尔斯·伯顿。而命运又开了一个奇怪的玩笑。塞西尔·吉尔斯·伯顿从未踏足非洲,却毫发无损地穿过野蛮的比鲁厄斯国土。但土生土长于这片土地并且成为其主人的人猿泰山,却遭到伏击,受了伤,而且被俘了!

事情是这样的。泰山顺风来到一片森林,因此,他前面的生物的气味都无法进入他那敏感的鼻子。他并不知道,十几个比鲁厄斯勇士正在森林里接近他。他们在打猎,脚步很轻,泰山既听不见他们的声音,也闻不到他们的气味。就在这时,一头狮子突然从森林里滚到泰山的左侧。狮子身体一侧的伤口鲜血直流,心情极其糟糕。狮子从泰山身旁冲过去几英尺,突然掉转身,直接朝泰山冲了过来。泰山镇定自若,把他那把沉重的短矛举过右肩,屏息等待。此时他背对着森林。就在那时,比鲁厄斯勇士从泰山身后遇到他。他们惊讶不已,但这并没有影响他们的行动。

姆平古酋长的儿子察姆古,认出了这个白人,认出他就是泰山。泰山不仅曾经劫走比鲁厄斯村里一个即将被实施折磨并且要拿来做贡品的俘虏,有一次他甚至还愚弄了察姆古,骗他做了一次亏本买卖。察姆古当机立断地举起手里的长矛刺向泰山,泰山当即倒地,插在泰山背上的长矛不断摇晃。但其他勇士只关心狮子,他们大声喊叫,举着巨大的盾牌冲向它。狮子扑向冲在最前面的勇士,打掉他手里的盾牌,把他扔在地上。好在盾牌保护了他。他的同伴们一拥而上,把武器插入狮子身体中。狮子又一次冲了过来,又一个勇士倒在盾牌后面。最终,一根长矛刺中了狮子的心脏,这场战斗才宣告结束。

勇士们带着一个白人囚犯和一头狮子的尸体返回驻地,姆平古酋长和村民们都欣喜不已。然而,他们发现他们的俘虏是可怕的泰山,他们多了一丝疑虑。有些人在村里巫医的鼓动下,主张立即杀死犯人,以免他利用强大的力量伤害他们。然而,另一些人建议释放他,认为谋杀人猿泰山可能对他们造成更大的伤害。

姆平古在两种想法间举棋不定,最终他采取折中的办法,下令将犯人牢牢地绑起来,严加看守,同时医治他的伤口。如果他痊愈的时候,没有什么不良事件发生,他们会像对待其他囚犯一样对待他:先举行狂欢舞会,然后把他吃了。

泰山已经止住血了。这样的伤口,若搁在普通人身上,这个人肯定难逃一死。但泰山绝不是普通人。他已经开始计划逃跑了。他被绑得很紧,俘虏他的人费了很大的劲才把泰山五花大绑地绑住。每天晚上,他们都将他重新紧紧绑住,每次绑他的时候,他

丛林召唤

们都感到很惊叹，不知道他哪里来的那么大力量，每次都能将绑得很紧的绳索弄松，至少使他自己的胳膊和腿上的血液流得不至于太慢。每晚都要被重新绑紧，对泰山来说的确是个严重的问题。问题还不仅于此，更主要在于这种状况太伤害他自尊自爱的天性。他认为一个没法使用双手的人，只能算半个男人。如果手和腿都派不上用场，那他就根本不算男人。他只能算是个孩子，一个需要别人喂饭的孩子。他现在就只能依靠比鲁厄斯人喂自己。

泰山心中的屈辱汹涌奔流。尤其是让比鲁厄斯这种堕落的人来喂自己，泰山感到加倍屈辱。但是，如果泰山的手和脚没法自由活动，无法挣脱捆绑，心中汹涌着屈辱又有何益呢？泰山心中愤懑，但大脑却异常冷静。

他心里清楚："满身肌肉的人对他们来说太难吃了。他们想养肥我，让我有多汁的脂肪。成为比鲁厄斯人的腹中餐是我泰山的宿命？不！这不是我的结局。我一定要想办法逃出去。"

泰山翻来覆去地想出路，却没有一个方法行得通。但是，他的感官比其他任何人都发达，仍然非常灵敏。不过，在他目前的情况下，听觉、触觉和味觉起不了作用。他视觉灵敏，但是呆在一个简陋小屋里能看见什么？手脚都被绑住，触觉又能起什么作用？食物并不是靠自己获得，而是比鲁厄斯人为了让自己增加脂肪而提供的，即使再美味，有什么值得开心的呢？只有听觉和嗅觉现在仍然有意义。除此之外，泰山还具备常人所不知的第六感。

时间一天天过去，无论白天黑夜，泰山无时无刻不在思考，醒的时候思考，甚至梦里也在思考。他比以往任何时候对声音和气味都更敏感。但更重要的是，他的第六感时刻关注着丛林，关注着丛林带来的蛛丝马迹。蛛丝马迹当然很多，但是他在等待能够带给他希望的信息。他听到了豹子的声音，这并不能给他带来希望；他听到了鬣狗的声音，闻到了鬣狗身上散发出来的气味，仍然令他心生厌恶；狮子从很远的地方发出饥饿的吼叫声，泰山敏锐的耳朵听到了它的吼叫声。但听到了又怎样呢？无非让泰山心念一闪：被狮子吃掉或许比被比鲁厄斯人吃掉更有尊严。然后，泰山——或者说泰山的第六感，收到了另一条信息，他的眼神中出现了一丝惊讶的光芒，鼻孔开始颤动。不久，泰山开始前后摆动身体，嘴里不断念叨着。小屋门口的卫兵向里张望，看见泰山轻轻摇晃着，问道："你在干什么？"泰山不再摇晃，继续念叨了一会儿后说道："祈祷。"然后他又继续念叨起来。

卫兵将他所看到的报告给姆平古。姆平古嘀咕道："让他祈祷吧，救不了他的，比鲁厄斯之神比泰山强大得多，他马上就要进我们的肚子里了。"卫兵回到了他的岗位，泰山还在摇摇晃晃地念叨着，只是声音更大了些，他等着卫兵来阻止他，但是卫兵什么也没说。泰山由此确信，一切正在按照他的计划进行着。他接收到的信息越来越清晰，这时已经不用靠第六感来获悉信息了，信息还准确无误地传到了他的鼻孔里！

不过，泰山还是不敢大意。他正在发出讯息，但只是逐渐增强讯号。所以，比鲁厄斯人一直误以为他还在祈祷。就这样，他逐渐地增强他发出的讯号，一分钟接着一分钟地变化，因此几乎难以被人察觉。

突然之间，比鲁厄斯人意识到泰山的声音太响了，但他们还是以为，泰山不可能让诸神听到他的念叨。接着，他们的耳膜中传来一声震响，就像乌云密布的天空中响起一声炸雷。他们听到了泰山的一声巨吼。随即出现死一般的寂静……

丛林深处，大象丹托迎着晚风仰起了脑袋，象鼻的前端蜷曲着，耳朵不停地扇动。它转了一个身，任凭晚风扑面而来。它吸了吸

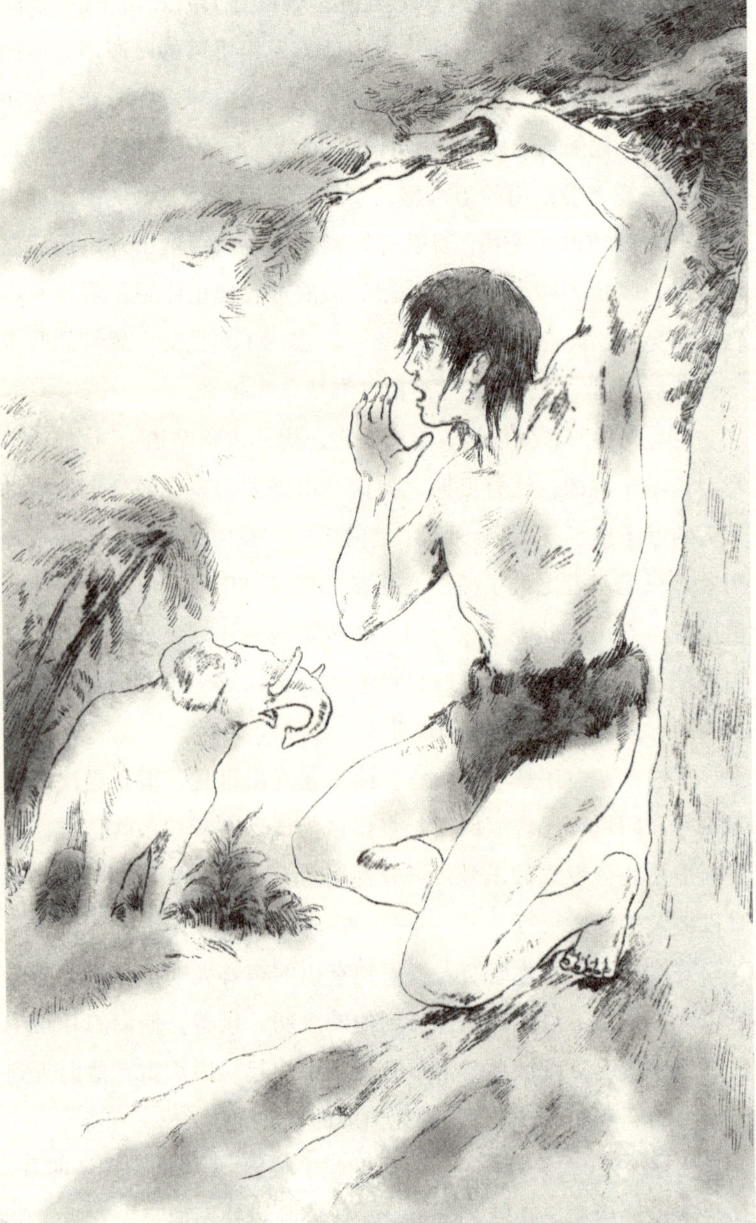

鼻子，随即又发出一声巨吼。它用巨吼召集它的同伴。其他大象纷纷聚拢，迎风而立，仔细倾听，倾听丹托所听到的声音。这些大象一路跟着头象丹托，远离它们熟悉的地方，长途跋涉。近几天来，这头大象一直心神不定，坐立不安，好像在寻找什么。它们可不敢忤逆它的意愿。现在，象群知道丹托为什么坐立不安，为什么要长途跋涉了。于是，它们也用象鼻迎空发出吼声，不耐烦地踩踏地面，只等着它们的首领一声令下，即刻出发。

终于，丹托发出了象群期待已久的信号，它们开始前行，快速、坚定地一往无前，向着目标前进。除非碰到参天大树，否则它们都笔直地往前走，遇到幼树，就一脚将它们踩在脚下。他们径直地、义无反顾地朝比鲁厄斯部落奔去……

在泰山所处的地方，他第一个听到了正在赶来的象群声音。他开始眼神放光，嘴角含笑。他的"祈祷"被听到了！他的救星正在赶来，还离他越来越近了。

小茅屋外传来了惊慌失措的哭声，泰山听到大象推毁部落村寨的声音。"哐啷"，小茅屋的整座墙被掀倒，大象踏进小茅屋。

"丹托！丹托！"泰山大叫道，"丹托！丹托！我在这里！"

其实，丹托根本用不着泰山大声招呼。它人类朋友身上的气味就足够了，泰山的叫声只是证实了他的确切位置。泰山听到丹托的象鼻在他的上方。他所在的小茅屋的整个屋顶都被丹托掀掉了。泰山抬头望去，看到了巨大的丹托和漫天繁星。

转瞬之间，丹托垂下鼻子卷起泰山，驮到背上。丹托扬着鼻子，等待着。现在，泰山代替丹托指挥着象群，他用洪亮的声音示意象群该离开了。整个部落村寨如今一片狼藉，所有茅屋都被推倒了，比鲁厄斯人惊恐地跑进森林。黎明来临，象群完成了它们的任务，得意扬扬地离开了村寨。松开泰山绑绳的是一群猴子，而不是大象。

这群猴子蹦蹦跳跳地围着他,诉说着重逢的喜悦。泰山揉了揉丹托的耳朵,丹托知道泰山在感谢它。然后,泰山告别了丛林里的朋友,钻进树林,消失在它们眼前。他知道,追踪英国飞行员已经毫无意义。那个可怜的家伙很可能已经死了,不是饿死就是丧生在食肉动物的毒牙和利爪之下。现在,泰山锁定的目标在他处。

几天前,当他还被囚禁时,他听到非洲土著人的击鼓声传递来一个讯息,来自他的朋友——班加利驻地专员的讯息,要求泰山前往班加利。

Chapter 5
狩猎队伍

　　塞西尔·吉尔斯·伯顿中尉在非洲丛林中漫无目的地游荡却毫发无损,这是发生于非洲荒野中的一件奇迹。对于不了解非洲的人来说,非洲是一片残酷无情的土地。但这片无情的大地却偏偏放过了伯顿。那根间接地将他和远在芝加哥的那个饶舌女人绑在一起的命运之线,至今还未染上他的鲜血。

　　伯顿遇到过两次狮子,每次他都幸运地就近爬到树上,得以逃脱。其中有一次,那头狮子饿得要命,正在找寻猎物,伯顿被困在树上一整天,以为自己会渴死。狮子胡乱尝试了几次,想把他从树上撞下来,但却未能得逞,最终耐不住饥饿,无心继续等待,走了。另外一次碰到的那头狮子,伯顿根本无须担惊受怕,因为它的肚子滚圆,显然已经饱餐过一顿。它对肥美的斑马都无动于衷,伯顿丝毫不用担心。但是,伯顿不像泰山,分不清饿狮和饱狮的区别。此外,像大多数对丛林不甚了解的人一样,伯顿以为所有的狮子都是吃人的，会捕杀所有它们追得上的动物。

伯顿的体重迅速减轻，如何获得食物成了他的主要问题。在他吃了许多像蝗虫那样奇怪的东西后，他明白，饥饿的人什么都会吃。

日子过得很快，他仍然寻找着班加利。更糟糕的是，他走错了方向。他的衣服破烂不堪，头发和胡须也变长了。但他并没有丧失信心和勇气。一天早晨，瘦骨嶙峋的他坐在山坡上，眺望山坡下的小山谷，心里依然充满希望。他在丛林中逗留了这么长时间后，他的听觉开始变得敏锐。突然，他听到了山谷上方传来的声音，抬头一看，他看见了许多男人！男人啊！人类啊！这么多天来，他第一次见到了人！在他那骨瘦如柴的胸腔里，他感到心潮起伏，激情澎湃。

他第一感觉就是想马上冲过去，哭诉他的喜悦。但是他克制住了自己。非洲大陆教会了他行事谨慎。他没有立即跑向他们，而是躲在灌木丛后面观察一下。他需要三思而后行。

他看到一大堆人，其中一些人戴着遮阳帽，但是他们中的大多数人的头上却什么也没戴。他发现，那些穿得最少的人身上的负担最重。他明白了，这是一群由白人与黑人组成的狩猎队。

现在他不再犹豫。他冲向他们。走在前面的是一名当地导游和几个白人。白人中有两个女人。在他们身后是一群挑夫和非洲土著士兵。

"嗨！你们好！"伯顿用沙哑的声音喊道，眼泪夺眶而出。他哽咽着伸开双臂，跌跌撞撞地向他们走过去。狩猎队停下来，等待他的到来，却没有人跟他打招呼。伯顿放慢了脚步，英国人惯有的保守矜持又重新回到他的身上。他想知道，他们为什么如此缺乏热情。

"太可怕了！"其中一个妇女，也可能是女孩子，看到他肮脏的样子，失声惊叫起来。与其说是怜悯，倒不如说是对他稻草人般的外表感到震惊。

伯顿中尉僵住了，笑容凝固在嘴角，露出一丝苦涩的歪笑。这就是自己同类对待一个流浪汉的方式吗？伯顿中尉看着女孩，平静地说："芭芭拉夫人，你只惊讶于我衣着褴褛，却没看见这个衣着褴褛的动物也是人类。为此，我深表遗憾。"

女孩脸上泛起了红晕，目瞪口呆地看着他。

"你认识我吗？"她不可置信地问。

"太认识了。你就是芭芭拉·拉姆斯盖特小姐。那位先生，或许我用词不当，是你的哥哥约翰勋爵。其他人我不认识。"

其中一个人插嘴道："他一定听说过关于我们狩猎的只言片语，所以他知道名字。好吧，老兄，你怎么回事？我估计你被你的狩猎队抛弃了，你迷路了，饥肠辘辘，想加入我们狩猎队。你不是我们第一个捡到的废物——"

"闭嘴！高尔特！"约翰·拉姆斯盖特厉声呵斥道，"让那个人讲完。"

伯顿中尉摇了摇头，眼里充满怒火地挨个看了他们一眼。"无论在非洲还是伦敦，人都一样势利，"他轻蔑说，"你的挑夫，遇到我这样的人，本不应该问任何问题，本应该把水和食物给我，即使这意味着他们自己将断水断粮。"

高尔特张开嘴想继续激烈地反驳他，但女孩阻止了他。她看起来很羞愧。

"我很抱歉，"她说，"我们一路都担惊受怕，提心吊胆。估计我们大家都有点崩溃了，以至于表现得很不得体。我会立即让人给你送过去水和食物。"

狩猎队伍 | **065**

伯顿说:"眼下倒不用急。我先回答你们想问的问题。我从伦敦飞往开普敦,途中被迫跳伞降落。从那以后,我一直四处游荡,想要找到班加利。你们是我见过的首批人类。请允许我自我介绍一下,我是伯顿——皇家空军塞西尔·吉尔斯·伯顿中尉。"

"不可能!"芭芭拉小姐惊叫道,"这不可能。"

约翰伯爵补充道:"我们认识伯顿中尉,你看起来可一点儿也不像他。"

"这可都要怪非洲。你仔细看看我,你会认出来,我就是在你城堡里度过周末的客人。"

约翰勋爵走近看了看,终于喃喃地说:"天哪!真是你,老兄!我向你道歉。"说着伸出了手。

伯顿并没有握住伸过来的手。他的肩膀耷拉下来,为这些人感到羞愧。

他平静地说道:"你现在向伯顿中尉伸出的手,本应该伸向那个被遗弃的陌生人。我恐怕不能真诚地和你握手。"

"他说得对,"约翰勋爵对他妹妹说,她温顺地点点头,"我们非常抱歉,伯顿中尉。如果你愿意和我握手,我将不胜荣幸。"

于是伯顿握了握他的手。大家都感觉如释重负。芭芭拉小姐把他介绍给站在她身边的男人——邓肯·特伦特。吃完饭后,伯顿与狩猎队的其他成员一一相见。其中有一个个子很高、膀大腰圆的人,名字叫罗曼诺夫先生。正是他告诉伯顿一个惊人的信息:班加利离这里足足有两百英里远。罗曼诺夫是在他的男仆皮埃尔给他刮胡子的时候告诉伯顿这个消息的。很显然,这位俄罗斯侨民即使在旅途中也很在意自己的仪表。伯顿进一步了解到,这个狩猎队实际上由两个狩猎队组成。

"两个星期前,我们遇到了罗曼诺夫狩猎队。由于我们都要去班加利,所以我们决定同行。不同的是,罗曼诺夫狩猎队用枪打猎,而我们只用照相机拍摄猎物。"特伦特,那个显然对芭芭拉小姐感兴趣的人说道,"约翰本可以去动物园拍些愚蠢的照片,而不用来这里被虫子咬。"

伯顿进一步了解到,杰拉尔德·高尔特,那个起初对伯顿很不敬的人,是罗曼诺夫的导游。谢尔盖·戈登斯基是狩猎队另一个俄罗斯人,一个专业摄影师。

伯顿对另外两个白人产生了兴趣。他们就是之前提到过的那两个被遗弃的人,名字分别叫史密斯和皮特森。他们各自都有段辛酸的遭人遗弃故事。伯顿说:"他们看上去并不快乐。"

"他们不喜欢他们的那份工作,"约翰·拉姆斯盖特突然插嘴说道,"伯顿,当你更多地了解我们这种鱼龙混杂的狩猎队伍后,你就不会责怪我们了。高尔特,那个罗曼诺夫的导游,盛气凌人,对我们冷嘲热讽。大家都厌恶他。皮埃尔和我的贴身男仆汤姆林都爱上了芭芭拉的女仆,维奥莱特。而且我认为,戈登斯基和罗曼诺夫之间也互看不顺眼。总之,我不认为这是一个相处融洽的团队。"

饭后,他们喝着咖啡抽着烟。伯顿伸了个懒腰,深深地吸了一口气,说道:"仔细想想,今天早上我还在想可能会饿死。谁也不知道,前面是什么样的命运正等候着你。"

他下意识地拍了拍靠近心脏的衬衫,那里装着霍勒斯·布朗的发明图纸。

"也许,我们不能预知未来也无妨。"芭芭拉小姐说。这与伯顿心中所想不谋而合。

日子一天天过去。伯顿越来越欣赏约翰·拉姆斯盖特,尤其对芭芭拉更是越来越钟情。邓肯·特伦特开始变得愁容满面,伯顿成了他的情敌。

后来,狩猎队的麻烦在女仆维奥莱特身上爆发了。戈登斯基想勾引她,却被她明确拒绝。伯顿无意中碰到他们,把戈登斯基击倒了。恼羞成怒的戈登斯基拔出了刀。这时芭芭拉小姐突然出现了,戈登斯基只好收起刀,闷闷不乐地走开了。

"你树敌了。"芭芭拉提醒道。

伯顿耸了耸肩。他已经历尽沧桑,多一个敌人又何妨。

但他并不是只有这一个敌人。特伦特找过他,蛮横地要求他离芭芭拉小姐远一点。

伯顿平静地说:"我觉得我们应该让芭芭拉小姐自己来选择她想要谁来陪伴她。"

汤姆林被他们的谈话所吸引,从帐篷里走了出来,看见特伦特打了伯顿一拳,伯顿一下子将特伦特摔倒在地。

"去你的帐篷里冷静会儿。"伯顿厉声对特伦特说道。说完,他转身进了自己的帐篷。

第二天早上,拉姆斯盖特正式通知戈登斯基,到了班加利后,就不再需要他的效劳了。其他人也对戈登斯基不理不睬,甚至连史密斯和皮特森这两个被遗弃的人,也不愿理睬他。他一整天都一个人闷着头走,心头的愤怒越来越强烈。邓肯·特伦特也走在队伍最后面,无精打采,闷闷不乐。

在烈日下长途跋涉,大家都感觉很不舒服,无情的阳光也不能给烦躁的神经带来丝毫帮助。挑夫渐渐走不动了,高尔特在队伍里来来回回地咒骂,动辄便对他们拳打脚踢。

最后,他大发脾气,将其中一个挑夫打倒在地。那个人站起身来,高尔特又一次把他击倒。正好伯顿就在附近,出面干预。

"该住手了!"他命令道。

"你他妈的管好你自己的事,我才是这次狩猎的负责人。"高尔特回敬道。

"我不管你负责哪个狩猎队,你都不应该虐待人。"

高尔特转身向伯顿打了一拳,被伯顿挡住。转眼间,高尔特被打趴在地,下巴被打得粉碎。

这是伯顿加入狩猎队以来的第三次打斗。三次战斗击倒了三个对手。

"对不起,拉姆斯盖特,"伯顿后来说,"我似乎和每个人都相处不好。"

"你做得并没错。"拉姆斯盖特赞许道。

芭芭拉小姐说:"塞西尔,恐怕你真的有大麻烦了。高尔特可是出了名的坏脾气。"

"我们明天就抵达班加利了,再多一个对手也无妨。"

他们又聊了一会儿,然后互道晚安,回到自己的帐篷。

伯顿很快乐。他知道,这辈子他从没有这么快乐过。明天他将见到父亲。明天他将完成自己的使命。此外,他已经坠入爱河。营地宁静安详,一个昏昏欲睡的非洲士兵正在站岗放哨。远处传来饥饿狮子的咆哮声,他又往篝火里添了点柴火。

Chapter 6

泰山来了

晨光熹微之际,天气很寒冷,站岗的非洲士兵,比他刚刚放行进来的人还要困倦。天气太冷了,他就着篝火,背靠在一根柱子上睡着了。醒来后,他吓了一跳,一时之间不知所措,眼前只见一个几乎全裸的白人蹲在他身边,将双手架在篝火上取暖。

这个幽灵来自何方?刚才还没有他的踪影。非洲士兵以为自己在做梦。但事实上,这位陌生人真实存在,而且体格壮硕。此时,陌生人开口了。

陌生人用斯瓦希里语问道:"这是谁的狩猎团?"

非洲士兵循着声音问道:"你是谁?你从哪里来的?"

突然间,他的眼睛睁得更大了,下巴也拉长了。

"如果你是恶魔,我会给你食物,请千万不要伤害我。"

陌生人回答道:"我是泰山。这是谁的狩猎队?"

"这里有两个狩猎队。一个是罗曼诺夫的,另一个是拉姆斯盖特的。"非洲士兵回答道，眼睛里充满敬畏。

"他们要去班加利吗？"泰山问。

"是的。明天我们就抵达班加利。"

"他们在打猎？"

"罗曼诺夫他们是来狩猎的，拉姆斯盖特他们只是来拍照。"

泰山盯着他看了很久，然后说道："在站岗的时候睡着了，你应该受到惩罚。"

"不，我没睡着，火光太刺眼了，我只是闭上眼睛了。"非洲士兵解释道。

"我到这里很久了，你一直在睡觉。我来的时候篝火都快熄灭了，还是我添了一把火。狮子就在营地外面盯着你。它有可能随时进来，抓走大家。"

非洲士兵跳起身，扳动步枪，问道："哪里？狮子在哪儿？"

"你看不见那边闪烁的亮光吗？"

"看见了，我现在看到它们了。"他把步枪举到肩上。

"不要开枪。你可能会不小心击中它，伤害它。那样的话，它会向你冲过来。等着！"

泰山从篝火中挑出一个火棍，把它扔进了黑暗中。那双发亮的眼睛消失了。

"如果它再回来，向它头部上方射击，这样就能吓跑它了。"

非洲士兵变得非常警觉，但他只是盯着泰山看，好像泰山就是狮子。泰山坐在炉火旁取暖。过了一会儿，风调转方向刮了过来，泰山抬起头嗅了嗅，问道："谁死了？"

非洲士兵快速地看了看四周，却没看到有人。他声音有些颤抖地辩称道："没有死人。"

泰山对着白人的帐篷点点头，说道："营地那边有个死人。"

"没有人死了。你快点离开吧,别再说谁死了。"

泰山没有吭声。他继续蹲在那里暖手。

非洲士兵说道:"时间到了,我要去把厨师叫起来。"

泰山什么也没说,非洲士兵走过去叫醒厨师。他告诉厨师们,营地里有一个魔鬼。他们转头看到这个白人蹲在篝火旁取暖,顿时惊恐万状。非洲士兵又告诉他们,魔鬼说营地里有一个死人。他们变得更加害怕。他们叫醒了所有其他同伴。人多总是更有安全感。狩猎队的头头走进拉姆斯盖特的帐篷,叫醒他后说:"营地里来了个魔鬼。他说这里有人死了。这里没有吧?"

"当然没有!但是这里也不会有魔鬼。我要出去看看。"

拉姆斯盖特匆匆穿好衣服走了出来,看见几个人吓得蜷缩在一起,眼睛都盯着篝火。篝火旁,一个几乎全裸的高大白人蹲在那里。

拉姆斯盖特向他走了过去,其他人都恭恭敬敬地跟在他的身后。"我能请问一下,你是谁?来此有何贵干?"

经过伯顿之事后,拉姆斯盖特改变了对待陌生人的态度。其他人都靠近篝火。

"今夜森林里太冷了,所以我就取暖来了。"泰山回答道。

"那你究竟是谁?为什么在晚上赤身裸体地游荡呢?"

"我是泰山,你是谁?"

"拉姆斯盖特。为什么你对我手下人说营地里有死人?"

"的确有死人。你的营帐中有一个人刚死不久。"

"但是,你怎么知道的呢?你怎么会有这么古怪的念头?"

"我能闻到死人的味道。"泰山回答道。

拉姆斯盖特哆嗦了一下,环视了一下营地。队里的男孩们都远远地挤在一起,正看着他和泰山。除此之外,一切都显得井然有序。他又仔细地看了看这个陌生人,发现他长得相貌堂堂,浑身透着机敏。尽管如此,他还是确信,这个人是个疯疯癫癫的人,很可能就像文明世界里偶尔也会碰到的弃儿一般,在丛林里裸身游荡。这样的弃儿,通常被称为野人。大多数这样的野人,其实都是不会伤害他人的半智障儿。然而,拉姆斯盖特想起伯顿的教训,认为最好的办法是迎合他,给他食物。

他转身命令他的同伴:"快点干活吧!今天我们要早点出发!"

有几个白人被营地里的吵闹声吵醒了,零零散散地从他们的帐篷里走出来。高尔特也朝火堆走过来。

"先生,在这里干什么呢?"

拉姆斯盖特回答道:"这个可怜人太冷,过来取取暖。一切都正常,我们也欢迎他。高尔特,你可以叫人给他准备点早饭吗?"

"当然可以,先生。"

高尔特的温顺让拉姆斯盖特感到很惊讶。

"还有,高尔特,你能让那些男孩去把其他人都叫起来吗?我今天想早点出发。"

高尔特转身对着男孩们,用斯瓦希里语下达了一些指令。几个男孩跑进各自主人的帐篷,叫醒他们的主人。泰山又蹲坐到篝火旁。拉姆斯盖特去找刚才站岗的非洲士兵问话。他刚要开口盘问那个士兵,就被帐篷那里传来的喊叫声打断了。他看见伺候伯顿的男佣慌里慌张地朝他跑过来。

"快来,先生。"男孩喊道。"快来!"

"什么事?怎么了?"拉姆斯盖特问道。

"我走进帐篷,却发现伯顿先生躺在地板上,死了!"

拉姆斯盖特冲向伯顿的帐篷,泰山和高尔特紧随其后。伯顿身穿睡衣,脸朝下倒在地板上。东倒西歪的椅子以及其他证据,都显示出这里曾发生过激烈的搏斗。三人正忙着检查尸体时,罗曼诺夫和特伦特走进帐篷。

"这太可怕了,"罗曼诺夫惊叫着打了个寒战,"会是谁干的?"

特伦特沉默不语,只是站在那里,眼睛紧盯着尸体。伯顿背部遭刺,刺刀穿过左肩胛骨刺中心脏,他的喉咙上青一块紫一块,伤痕累累。凶手很有可能为了防止他喊出声音堵住了他的嘴。

罗曼诺夫说:"伯顿中尉本人力气很大,不管是谁干的,一定是个非常强壮的人。"

然后,他们惊奇地发现,那个陌生的白人掌握了局面。他把尸体放到小床上,盖上毯子,然后弯腰检查伯顿喉咙上的痕迹,随后就走出了帐篷。所有人感到既困惑又害怕,纷纷跟着他出来。他们离开帐篷时,拉姆斯盖特看见他妹妹正走出她的帐篷,向他们走来。整个狩猎队几乎都聚集在伯顿的帐篷前。

"怎么了?发生什么事了?"芭芭拉问道。

拉姆斯盖特走到她身旁。

"芭芭拉,发生了很可怕的事情。"他说道,眼睛尽量避开她疑惑的目光。他带着她回到她的帐篷,把情况告诉了她。

高尔特粗暴地命令大家各就各位,同时召集起所有在夜间站岗的非洲士兵,开始逐一审问。其他白人聚集在他们周围,但只有泰山听懂了用斯瓦希里语问的问题和答案。夜里有四个非洲士兵站岗,他们都坚称没有看到或听到什么不寻常的事。只有最后一个人报告,有一个陌生的白人在黎明前进入营地取暖。

"你看到他一直在营地吗?"高尔特问道。那人犹豫了一下。

"火光太刺眼了,我就闭了会儿眼睛,但其余的时间我都看着他蹲在火炉旁取暖。"

"你在撒谎,"高尔特说,"你睡着了。"

"也许我睡了一会儿,大人。"

"那么这个人可能有时间去帐篷谋杀了伯顿先生?"高尔特不知道人猿泰山听得懂斯瓦希里语,说得十分直接。

这个黑人回答道:"是的,大人。他可能有这种嫌疑。而且,他先于所有人知道有人死了。"

高尔特问道:"你怎么知道?"

"他自己是这么说的,大人。"

泰山平静地说:"我进营地之前,那个人已经死了。"高尔特吓了一跳。

"你懂斯瓦希里语吗?"

"是的。"

"没人知道你在营地待了多久。你——"

"这是怎么回事?"罗曼诺夫打断道,"我一个字也听不明白。等等,约翰伯爵来了,他应该继续调查,毕竟伯顿中尉是他的同胞。"

高尔特复述了一遍非洲士兵说过的话,拉姆斯盖特和罗曼诺夫全神贯注地听着。泰山倚着长矛站立一旁,脸上毫无表情。高尔特说完后,拉姆斯盖特摇了摇头。

"我看不出有什么理由怀疑他,"拉姆斯盖特说道,"他有什么动机要杀害伯顿?伯顿身上没有值钱的东西。这肯定不是一起抢劫案。他们彼此不认识,所以也谈不上有什么恩怨情仇。"

"也许他疯了呢,"史密斯假设道,"除了疯子,谁会在树林里光着身子到处跑。你永远也说不清疯子会做什么。"

特伦特点了点头。"可能是一个有早发痴呆症的杀人狂。"

芭芭拉小姐擦干眼泪,调整好心情,走过来站在她哥哥旁边。她的女佣也和她在一起,眼睛通红,抽抽搭搭。

芭芭拉小姐问她哥哥:"你有没有发现新的线索?"

拉姆斯盖特摇了摇头，说道："高尔特认为可能是这个人干的。"

芭芭拉小姐抬起头来，问道："他是谁？"

"他说他是泰山。没人知道他在夜里什么时候闯进了营地。但是似乎没有任何理由怀疑他。他没有作案动机。"

"这里有好几个人具备作案动机。"芭芭拉小姐痛苦地说道，边说边朝特伦特看了一眼。"芭芭拉！你现在居然怀疑是我干的？"特伦特大叫起来。

"先生，他曾有一次动过杀机，"汤姆林对拉姆斯盖特说，"那天我在那里看见他们为了芭芭拉小姐争吵，伯顿把他击倒在地。"特伦特看起来很不自在。

"这太荒谬了，"他抗议道，"我承认我当时发了脾气，但我冷静下来后，心里很内疚。"

维奥莱特用手指朝戈登斯基指了指，告发道："他也想杀了他！他说他会杀了他，我亲耳听见他这么说过！"

罗曼诺夫说："这么说来，高尔特也曾威胁过要杀了他。他们并不全是凶手。我认为我们要做的事，是向班加利当局坦白，让他们来解决这个问题。"

高尔特说道："我没问题，我没有杀他，也不知道是不是这个家伙干的。但他是营地里唯一知道伯顿中尉死了的人。这实在很奇怪。"

"还有一个人知道。"泰山说。

"那是谁？"高尔特问道。

"杀他的那个人。"

"我还是想知道，你怎么知道他死了？"高尔特说。

"我也想知道，"拉姆斯盖特附和道，"我不得不说，这的确令人怀疑。"

"这很简单,"泰山说,"但恐怕你们谁都不会明白。我是人猿泰山,几乎一辈子都和其他动物生活在一起。动物比人类更依赖于某些感官带来的感觉。一些动物听觉异常敏锐,一些动物视觉很好,但动物最厉害的还是嗅觉。如果它们没有一个感官异常发达,是很难在丛林中生存的。人类是自然界中最无助的生物,我只得被迫发展所有的感官。人死后会有特别的气味,几乎生命一停止就散发开来。我在篝火旁取暖,和非洲士兵说话的时候,风调转了风向。我闻到了一种气味,显示有一个人很可能在帐篷里死了。"

"真是个疯子。"史密斯厌烦地说道。

戈登斯基神经质地大笑起来。"他一定认为我们都疯了,会相信那样的故事。"

特伦特说:"我想我们的人可以摆脱嫌疑了。疯子不需要杀人动机。"

"特伦特先生说得对,"高尔特赞同道,"我们最好把他绑起来,带他一起去班加利。"

这些人都不认识泰山,他们中没有一个人能读懂他那灰色眼睛中突然出现的神情。当高尔特向他走来时,泰山转身就走。

特伦特拔出手枪对准他:"再动一步我就杀了你。"

特伦特的意图想必极其完美,但他采取的两个行为却错误透顶。一是他离泰山太近了,二是他没有一拔出枪就开枪。泰山一把抓住了他的手腕,特伦特此时扣动了扳机,但子弹射向了地面。人猿泰山进一步用力抓住特伦特的手腕,特伦特只得扔下武器,痛苦地大喊大叫起来。

一切都发生得太突然了,泰山挟住特伦特挡在自己身前,逐步往后退去。他们怕伤到特伦特,都不敢开枪。高尔特和拉姆斯盖特开始向泰山逼近,泰山一手抱住特伦特,一手拔出猎刀。他的语气平和却坚定有力:"待在原地,否则我就杀了他。"他们俩不得不停下来看着泰山向营地边缘的森林里撤退。

"你们就不能有所作为吗?"特伦特喊道,"你们准备眼睁睁地看着这个疯子把我带进树林宰了吗?"

"我们该怎么办?"罗曼诺夫茫然叫喊道。

"我们什么也做不了,"拉姆斯盖特说,"如果我们去追他,他肯定会杀了特伦特。如果我们不这样做,他可能会放了特伦特。"

高尔特说道:"我认为我们应该追上去!"但却没有人愿意这样做。不一会儿,泰山挟持着特伦特消失于森林之中……

那天早晨,狩猎队并没有如期早早出发。他们等了很久,特伦特才走出森林。他仍然心有余悸,身子不停地颤抖。他对拉姆斯盖特说:"给我一点白兰地,约翰,那个恶魔好像打断了我的手腕。天哪,我好像要完蛋了,那家伙根本不是人。他对付我简直是小菜一碟。他确信没有人跟踪时才放了我。然后,他就像猴子一样爬到树上。这太不可思议了。"

"他把你带出营地后有没有以任何方式伤害过你?"拉姆斯盖特问道。

"没有,他只是一声不吭地拖着我往前走。我感觉自己被一头狮子拖着。"

拉姆斯盖特祈祷说:"我希望我们再也不要遇见他了。"

特伦特回答说:"嗯,这下可以确定,他杀了可怜的伯顿,然后脚底抹油一走了之了。"

狩猎队走得很缓慢。伯顿的尸体放在简易担架上,由四个人抬着走在队伍后面。芭芭拉和哥哥一起走在队伍前面,免得看见伯顿的尸体伤心。

那天他们没有抵达班加利,只好再次安营。每个人都很沮丧,

泰山来了 | 079

营地里没有了欢声笑语，非洲本地的小伙儿也不再唱歌。晚饭刚一结束，大家就各自回到帐篷准备休息。

大约午夜时分，突然传来一声尖叫，随后又传来一声枪响，把营地里的人都惊醒起来。史密斯和皮特森共用一个帐篷。此刻只见史密斯一个人跑出帐篷。拉姆斯盖特也从床上跳了起来，穿着睡衣跑了出来，差点撞上史密斯。

"怎么了，伙计？看在上帝的分上，快告诉我发生了什么事？"

"那个疯大个子，"史密斯哭叫道，"他又来了。这一次他杀了可怜的皮特森。我朝他开了一枪。我觉得打中他了，但也说不准。我不敢确定。"

"他去哪儿了？"拉姆斯盖特咬牙切齿地问道。

"往那边，进入丛林去了。"史密斯气喘吁吁地说道，用手指了指。

拉姆斯盖特摇了摇头，说道："追他是没用的，我们永远也找不到他。"

他们走进皮特森的帐篷，发现他躺在床上，睡梦中被人刺中了心脏。那天晚上，营地里再也没有人敢睡觉，白人和非洲士兵都在站岗。

Chapter 7

水落石出

在班加利,泰山坐在塞西尔·吉尔斯·伯顿中尉的父亲——伯顿上校的小屋里。

伯顿上校说:"你所说的消息,并没有令我感到很震惊。我以为我的孩子早就牺牲了。然而,现在知道他一直都活着,而且几乎就在快要到这里时却被人杀害了,这更令人难以承受。他们知道谁杀了他吗?"

"他们都很肯定是我干的。"

"胡说!"伯顿上校说。

"在狩猎队伍中,他与三个人发生了冲突。他们都威胁要灭了他。但据我所知,这些威胁都源自愤怒,可能并没有什么意义。他们当中只有一个人或许有理由杀了伯顿。"

"那是谁?"伯顿上校问。

"一个名叫特伦特的小伙子。他也爱上了芭芭拉小姐。这是我目前了解到的唯一真正的动机。"

"有时候这的确是一个非常强烈的杀人动机。"伯顿上校说。

"不过,"泰山继续说道,"特伦特并没有杀害你儿子。他不可能杀了他。如果凶手在营地,如果他们没有把我赶出来,我本来可以查出凶手。"

"狩猎队伍回来后,你能留在这里帮我找到凶手吗?"

"那是当然,这不用你说。"

"我觉得你应该知道一些别的事情。我儿子失踪时,他身上携带着一些非常重要的文件要交给政府。他对外界宣称是从伦敦飞往开普敦,实际上他得到的指令是在这里降落,把文件交给我。"

"而且他被一架意大利军用飞机上的三个人追赶。"泰山说。

"天哪,伙计!你怎么知道的?"伯顿上校问。

"我遇到过两架飞机。你儿子的飞机被击落了,但他跳伞安全落地。我在飞机附近发现了他的降落伞。但在他跳伞之前,他射杀了另一架飞机的飞行员。那家伙死前也把飞机安全降落了。我发现他死在飞机控制台上。和他在一起的两个人安然无恙。其中一个可能有点受伤,因为我注意到他一瘸一拐的,但也有可能他本来就是个瘸子。当然啦,这些还没有最终得到确定。"

"你看到他们了吗?"伯顿上校问。

"没有,我跟着他们的脚印走了一段路,直到我看到你儿子的飞机。后来,我知道他是英国人,或者说我相信他是个英国人,因为他驾驶的是一架英国飞机。于是,我就跟着他的踪迹出发了。你看,他降落在狮子国。你知道的,在比鲁厄斯地区。"

"是的,比鲁厄斯人比狮子还可怕。"

"没错,"泰山一边回忆一边说道,"我以前和他们做过生意。这次他们几乎要了我的命。我摆脱他们后,直接奔向班加利。今天早上,我碰上了那个狩猎队伍。"

"你认为那两个人有机会从我儿子那儿得到文件吗?"

"没有可能。他们走的路线不同。这个时候他们两个都可能已经死了。他们来自一个糟糕的国家。我想他们是两个意大利人吧。"

伯顿上校摇了摇头。"不,一个是美国人,另一个是俄国人。他们的名字分别是坎贝尔和祖巴涅夫。我从伦敦得到了一份关于他们的完整报告。他们从事间谍活动,参与谋杀,现在正被通缉。"

"嗯,我想他们不会再打扰任何人了,"泰山说,"明天早上你就可以拿到文件了。"

"是的,我将得到这些文件,"伯顿悲伤地说,"太奇怪了,泰山,我们总是在失去幸福的时候才体会到幸福的珍贵。我不是个爱记仇的人,但我很想知道,谁杀了我的儿子?"

"伯顿上校,非洲的确广袤,"泰山说,"但是,只要杀害你儿子的人还活着,我对你发誓,在他离开非洲之前我一定将他擒获。"

"如果你都抓不到他,那就没人能抓到他了,"伯顿说,"谢谢你,泰山。"

泰山充满热情地握住伯顿上校的双手。

八个人抬着两架简易担架,担架上分别安放着塞西尔·伯顿中尉和皮特森的尸体。狩猎队驻足在班加利城外时,他们走在狩猎队伍的最后面,准备将尸体直接抬进搭建好的帐篷里。拉姆斯盖特和罗曼诺夫进城向伯顿上校报告。他的办公室就在他的平房的一侧,是一个有玻璃遮蔽的阳台。他们进来时,伯顿上校站了起来,向那个年轻的英国人伸出了手。

"我想是约翰·拉姆斯盖特勋爵吧,"伯顿上校说,随后转向俄国人,"你是罗曼诺夫先生吧。我一直在等你们,先生们。"

"我们带来了一个令人伤心的消息,伯顿上校。"拉姆斯盖特说,显得欲言又止。

"是的，我知道了。"伯顿说。

拉姆斯盖特和罗曼诺夫看起来很惊讶。

"你知道了！"罗曼诺夫喊道。

"是的。昨晚我得到了消息。"

"但那是不可能的，"拉姆斯盖特说，"我们一定指的不是同一件事情。"

"不。我们指的都是我儿子的谋杀案。"

"我不明白。但是上校，我们现在很确定凶手是谁。昨晚我们营地发生了另一起类似的凶杀案，我们的一名狩猎成员在犯罪现场看到了凶手，还朝他开了枪，并且认为打中他了。"

这时，伯顿上校办公室的门打开了，泰山突然走进阳台。

拉姆斯盖特和罗曼诺夫都跳起身来。"就是他！他就是杀人犯！"拉姆斯盖特喊道。伯顿上校摇了摇头。

"不，先生们，"伯顿上校平静地说，"人猿泰山不会杀了我的儿子，他也不会杀了另一个人。因为，他昨晚一直在我的房子里！"

"但是，"罗曼诺夫说，"史密斯说他看见了这个人，皮特森昨晚被害时，史密斯认出了他。"

"当时情况紧急，"伯顿说，"在黑暗中，一个人很容易犯错误。我们要去你的营地，询问一些相关人员。我知道其中有三个人曾攻击或威胁过我儿子。"

"是的，"拉姆斯盖特说，"我和我的妹妹都希望能进行一次彻底的调查，我相信罗曼诺夫先生和我们想的一样。"

罗曼诺夫点头表示同意。

"你会跟我们一起去的，是吧，泰山？"伯顿上校问。

"如果你希望我去，我就去。"泰山回答道。

看着泰山和拉姆斯盖特、罗曼诺夫、伯顿上校以及当地的一名警官一起进入营地,狩猎队里的其他成员感情都很复杂。

"他们抓住他了,"高尔特对特伦特说,"动作真快。"

"他们应该把他铐起来,"特伦特说,"否则他就会像以前一样逃走。他们甚至没有缴获他的武器。"

在伯顿上校的建议下,狩猎队里的所有白人都被召集起来接受质询。在他们接受询问时,泰山仔细地检查了皮特森的尸体。他尤其看了看皮特森的手和脚。然后他又仔细地查看了心脏上的伤口。他在皮特森的尸体上趴了一会儿,脸紧贴在那人的外衣袖子上。然后,他回到了伯顿上校身边,其他人也聚集在上校面前。

英国官员一个接一个地询问他们,聚精会神地听取了维奥莱特、汤姆林和芭芭拉小姐提供的证据。他询问了戈登斯基、高尔特、特伦特,听取了史密斯关于皮特森被害经过的叙述。

"按照我的理解,你是说这个人杀害了皮特森。"他指的这个人就是泰山。

"我以为是他,"史密斯说,"但我也可能弄错了。当时太黑了。"

"好吧,现在,谈谈我的儿子,"伯顿上校说,"这里有谁愿意直接指控谋杀犯?"

芭芭拉小姐站了出来。

"是的,上校,"她说,"我指控邓肯·特伦特谋杀了塞西尔·吉尔·伯顿中尉。"

特伦特脸色苍白,但没有说话。所有的目光都转向了他。泰山弯下腰,在伯顿上校的耳边低声说了几句话,伯顿上校点了点头。

"泰山希望问几个问题,"伯顿上校说,"就算不是我问这些问题,你也得如实回答。"

"我可以看看你的小刀吗?"泰山指着皮埃尔问道。

"我没带刀,先生。"

"您的呢?"他指着高尔特问。

高尔特把刀从鞘里取出来,递给了泰山。他检查了一会儿,然后又把刀还给了高尔特。然后他要看汤姆林的刀,但汤姆林没有随身带着刀。

逐一地,他迅速检查了史密斯、戈登斯基和特伦特的刀。然后他转过身问史密斯。

"史密斯,"他说,"皮特森被杀时,你在帐篷里。你能告诉我他是怎么躺在床上的吗?"

"他平躺在床上。"史密斯说。

"他床的哪一边靠近帐篷?"

"左边。"

泰山又问拉姆斯盖特。

"你认识这位史密斯先生多久了?"

"只有几个星期,"拉姆斯盖特回答道,"我们发现他和皮特森迷路了,正在四处游荡。他们说他们的其他同伙抛弃了他们。"

"你第一次看到他时,他走路一瘸一拐的,是不是?"

约翰·拉姆斯盖特吃惊地看着他。

"是的,"他说,"他告诉我们他扭伤了脚踝。"

"跟这件事有什么关系?"史密斯问,"我没告诉你那家伙是个疯子吗?"

泰山走到史密斯身边。"给我你的枪。"

"我没有枪。"史密斯咆哮道。

"你衬衫左边凸起来是怎么回事?"他一边说,一边迅速地把手摁在史密斯的衬衫上。史密斯咧嘴一笑,说道:"你别自以为是。"

泰山转向芭芭拉小姐。

"特伦特先生没有杀害伯顿中尉，"他十分确信地说，"史密斯杀了他，也杀了皮特森。"

"简直是弥天大谎！"史密斯喊道，"是你自己杀了他们！我被陷害了！你们都看不出来吗？"

"你为什么认为史密斯是凶手？"伯顿上校问。

"好吧，我换一种说法，"泰山说，"是坎贝尔杀了他们。这个人的名字不是史密斯，而是坎贝尔。他昨晚杀的那个人，真名也不是皮特森，而是祖巴涅夫！"

"我告诉你别再胡说八道了！"史密斯喊道，"你没有证据！你根本无法证明。"

泰山俯视着众人。人群中一片寂静。甚至史密斯也不吭声了。

"一个非常强壮的左撇子男子，他右手的第二根手指断了，是他杀害了伯顿中尉，"泰山说道，"使伯顿中尉致死的伤口，只有凶手左手拿刀才会造成。伯顿中尉的脖子上，只有大拇指、中指、无名指的痕迹。你们会注意到，史密斯的第二根手指，或者说坎贝尔右手上的第二根手指不见了。我也注意到，当被要求把刀子递给我时，坎贝尔是唯一一个用左手把武器递给我的人。祖巴涅夫胸前的刀伤是用左手拿刀造成的。"

"但这些谋杀的动机是什么呢？"罗曼诺夫喊道。

"伯顿上校会在坎贝尔的衬衫里面找到动机的！它们就是伯顿中尉携带的文件。他被另外一架飞机追击。这另外一架飞机上载着坎贝尔和祖巴涅夫。他们击中了伯顿中尉的飞机。我知道皮特森，或者说是祖巴涅夫，在那架飞机上。另一个和他一起离开飞机的人腿是瘸的。那个人就是坎贝尔，也就是史密斯。"

"但是，为什么史密斯或坎贝尔，不管他的名字是什么，想要杀死伯顿中尉和皮特森？"

"他和祖巴涅夫想要伯顿中尉携带的文件,"泰山解释说,"没有别人知道这些文件。坎贝尔知道,如果他偷了文件又让伯顿中尉活着,伯顿中尉就会立即对他们展开密集搜索。他必须杀死伯顿中尉。他也杀死了祖巴涅夫。这样,他就不必与人分享这些文件可能带来的钱财。他们已经把文件卖给了意大利政府。这里……"泰山撕开了坎贝尔的衬衫,"就是文件!"

当地警官将乔瑟夫·坎贝尔带走了。

"你怎么知道祖巴涅夫是在那架意大利飞机上的?"拉姆斯盖特好奇地问道。

"我在后面的驾驶舱里发现了他的手套。"泰山回答道。

拉姆斯盖特迷惑地摇了摇头。"我还是不明白。"他说。

泰山笑了笑,说道:"那是因为你是个文明人。狮子,或者豹子都会明白的。我发现那只手套时,闻过它的气味。所以,我记住了祖巴涅夫的味道。当我闻到皮特森的味道时,我就知道他是祖巴涅夫。因此,史密斯一定是坎贝尔。现在——"泰山停顿了一下,用他的目光扫了他们一眼。"我要回家了,"他说,"再见,我的朋友们。我很高兴又见到了一些自己人,但是丛林的召唤更加迷人。再见吧!"

人猿泰山重返丛林。

劫后求生

Chapter 1
扬帆启航

有时候很难知道故事该从哪里开始讲起。我认识的一个人，在讲述邻居从地窖的楼梯上摔下来造成腿骨骨折时，首先要详细叙述家族里面两代人的婚姻和死亡状况，才能开始他的重点。

就目前的情况，我可以从玛雅人阿·库图克·图图尔·西乌开始讲起：公元1004年，他在尤卡坦半岛建立了乌斯马尔城。然后，讲到1451年印第安人查布·西布·查克摧毁玛雅潘古城，并将统治者科科姆氏族全部杀害。但是，我不会这样做。我只需要从阿·库图克·图图尔·西乌的后代查克·图图尔·西乌开始，他带领着包括贵族、勇士、女人和奴隶在内的众多追随者离开乌斯马尔城，来到海边，建造出许多大型连体独木舟，并由此驶向宽阔的太平洋，从此在他的家乡销声匿迹。而他这样做的动机则是由于玛雅人奇特的迁徙欲望，同时遵从占卜者或是大祭司的建议。

这件事应该发生在1452年或是1453年。然后，我可以往后跳个四百八十五年或四百八十六年，跳到希·寇·西乌在南太平洋乌斯马尔的小岛上称王的时期，但我也不会那样卖关子。

事实上，我要从西贡号的甲板上开始讲述。西贡号是停泊在肯尼亚东南港口城市蒙巴萨的一艘破旧汽船，船上装载着等待运到美国的野生动物。从甲板下面以及甲板上面的笼子里传来被困野兽的哀叹声与恐吓声：有狮子的咆哮，大象的怒吼，有鬣狗淫荡的笑声，也有猴子"叽叽喳喳"的叫声。

舷栏边，有两个人在激烈地争论着。一个人说："但是我告诉你，阿卜杜拉，我们实际上已经准备好起航了，最后一批货应该在本周内送到，我的费用每天都在增加。你可能要花一个月的时间才能把他带回来，你也可能根本遇不到他。"

"我不能失败，克劳斯先生，"阿卜杜拉·阿布·尼姆说，"他受了伤。我是从达罗那里知道的，他现在就在达罗那边，所以应该很容易就能接到他。您想想，先生，一个真正的野人，从小跟着猿人长大，可以与大象为伍，徒手杀死狮子。天哪！他的价值比你在纳撒拉岛上所有的野兽还值钱，他会让你成为富翁的。"

"据我所知，这个家伙的英语讲得和英国人一样好，多年以前我就听说过他。你觉得在美国，我能在笼子里展示一个会说英语的白人吗？阿卜杜拉，你总是说我们基督教徒都疯了，我看你才疯了呢。"

"你不明白，"那个阿拉伯人回答道，"他受伤后，已经丧失了语言功能，不会说话了。这样一来，他就像你笼子里的其他野兽一样。他们不会抱怨，其他人也不会理解他们说什么，他亦是如此。"

"失语症。"克劳斯喃喃地说。

"你说什么，先生？"

克劳斯说："我说的是个名称，正是这种痛苦导致他丧失了说话的能力，这是由脑损伤引起的。事情因此有了转机，不仅可行，而且能收益颇丰；但是——"他犹豫了一下。

阿卜杜拉问："先生，你不喜欢英国人？"

克劳斯厉声说："我不喜欢！你为什么这么问？"

阿拉伯人极为谄媚地答道："他可是英国人。"

"你把他带来要什么回报？"

"我路上的花销，也没多少钱的，还有我要一头狮子的价钱。"

"这么大笔买卖，你要的倒是不多，"克劳斯评论道，"为什么呢？我还以为你会狠狠敲一笔，就像以前那样。"

阿拉伯人眯起了眼睛，邪恶的脸上布满了仇恨的表情。"他是我的敌人。"他说道。

"你需要多长时间？"

"不出一个月。"阿卜杜拉答道。

"那我等你三十天，"克劳斯说，"三十天后，不管你回不回来，我都会起航的。"

一个女孩嚷嚷着："我太无聊了！蒙巴萨岛！我讨厌这里。"

"你总是抱怨，"克劳斯咆哮道，"真不知道为什么我要带你一起来，不管怎样，我们要在三天内起航，不管那个阿拉伯人回来与否，我想你会找到别的牢骚对象的。"

"阿卜杜拉带来的东西一定是稀有品种。"女孩说道。

"的确。"

"他带的是什么？弗里兹，是粉色的大象还是深红色的狮子？"

"是一个野人，你要管住自己的嘴，别泄露风声，不然那些英国佬知道以后，绝不会让我把他带走。"

"野人！那种脑袋像个圆锥体，头顶上呈尖角的人？圆锥顶上应该还有一簇头发,他的整张脸上应该就是一个鼻子,没有下巴。是不是那样的,弗里兹?"

"我还没见过他,但我想他就是那样的——这就是巴纳姆演出团给人们带来的固定思维。"

"哦!快看!阿卜杜拉回来了!"

皮肤黝黑的阿卜杜拉朝着克劳斯一行人走来,从他的脸上根本看不出他的计划是成功还是失败。

"欢迎!"克劳斯向他打招呼道,"你好吗?"

"有个极好的消息,先生,"阿卜杜拉回答说,"我抓住他了,就在城外,在一个盖着席子的木制笼子里,所以没有人可以看到里面的东西。但是,我们为了抓他,可真是费尽周折。虽然我们用网罩住了他,但是在战士们还没把他的手反绑起来的时候,他杀死了三名勇士。他像狮子一样强壮。自从我们抓到他以后,我们就不得不把他的双手绑在一起。如若不然,他会立刻把那个木头笼子扯成碎块的。"

克劳斯说:"我有个铁笼子,这样他就不能把笼子扯坏了。"

"我可不敢确定,"阿卜杜拉谨慎地说道,"如果你的笼子关不住一头大象,那你最好还是捆住他的双手。"

"虽然我的笼子装不下一头大象,"克劳斯说道,"但是如果足够大的话,牢固程度肯定是没问题的。"

"我还是绑着他吧,"阿卜杜拉坚持道。"他说过话吗?"克劳斯问。

"没有,一个字都没说过。他只是坐在那里张望。我在他眼里没看到仇恨或恐惧。他让我想起了怪兽。我一直很期待听到他嗥叫。我们得用手喂他吃东西,给他吃肉的话,他就会发出像怪兽一样的声音。"

"太棒了！"克劳斯喊道，"他会引起轰动的。我几乎已经能看到那些愚蠢的美国人愿意出高价，只为求得一次观看的机会。现在听我说，我要把今天下午的时间空出来去海边，天黑后回来。你把笼子装到停靠在城外南边的三角帆船上去，在看到我的信号以前，站在那里别动。我会以快速间隔连续闪三次行驶灯，然后你以灯光作为回应。明白了吗？"

"好的，一切准备就绪。"阿卜杜拉·阿布·尼姆说道。

海面上刮起了大风，海浪不停地翻滚着。此时，阿卜杜拉收到了西贡号发出的信号。三角帆船终于在背风处靠到了汽船边上。索具从汽船上降下，快速移向关着野人的笼子。阿卜杜拉正引导着笼子从帆船上慢慢升起。突然，西贡号晃动着离开了小船，笼子随之猛然向上一震。阿卜杜拉担心自己会被抛入海中，就紧紧地抓住了笼子。笼子撞向汽船的一侧，船上的人们继续将索具往上升。此时，西贡号又被海浪推了回来，撞向小船，把小船压到了它的下面。

小帆船上的所有船员都不见了踪影，阿卜杜拉上了那艘开往美国的船。他对着大海喊道："太美妙了！美妙的大海呀！"并祈求安拉的庇佑。

克劳斯对他说："你还活着真是走了狗屎运，你能在美国赚一大笔钱。我要把你当做捕获野人的教长，也向公众展示。他们会乐意花一大笔钱，来见识一下一位真正来自沙漠的教长。我会给你买一头骆驼，你骑着骆驼、举着横幅上街，为你们的秀做一下宣传。"

"我，阿卜杜拉·阿布·尼姆表现得像个野兽！"阿卜杜拉喊道，"这绝不行！"

克劳斯耸耸肩膀,说:"随你的便,但你别忘了,你得吃饭,美国可没有那么多免费的枣树。到美国之前,我会给你提供食物,但是到了那里后,你就要靠自己了。"

阿拉伯人嘟囔道:"你这个无赖!"

Chapter 2
泰山落难

次日早晨，天气晴朗，伴着清冷的海风，西贡号冒着蒸汽朝着印度洋的东北方向驶去。甲板上的动物都很安静。汽船中部绑着一个木制的笼子，上面用一块席子罩着。笼子里完全没有声音。

甲板上，珍妮特·拉昂跟在克劳斯后面。她的黑发在风中飘动，浅色衣服紧贴着她的皮肤，透着一种不同寻常的诱惑力。威廉·施密特，西贡号的二副，背靠着栏杆，用半闭着的眼睛望着她。

女孩问："我现在可以看你的野人了吗？"

"我希望他还活着，"男人说，"昨晚我们拖他上船的时候，他一定被打得很厉害。"

"难道你们还没去查看一下？"她问道。

"反正我们也不会为了他去做什么，"克劳斯回答道，"阿卜杜拉告诉我，他是一个难搞的人。走，我们去看看他。喂！你过来！"他叫来一个印度水手，说："去把盖在笼子上的席子拿下来。"

就在他们看着这名水手执行指令的时候,施密特走到他们边上。"这里面是什么东西,克劳斯先生?"他问道。

"一个野人。你见过吗?"

施密特说:"以前我见过一个法国佬,他的妻子跟着司机跑了,他肯定是个野人。"

这时,水手已经解开了绳子,正准备拖走席子。一个巨大的身影蹲在笼子里,他的目光直直地盯着他们,不停地打量。

"怎么可能,他是个白人!"女孩喊道。

克劳斯说:"的确是。"

施密特问:"你打算一直把人像野兽一样关在笼子里?"

"他不过外表是白人罢了,"克劳斯道,"他是个英国人。"

施密特朝笼子里啐了一口唾沫。那女孩生气地跺着脚,对他说:"不要再那样做了。"

"对你而言,他算啥?"克劳斯问道,"我不是跟你说了吗?他只不过是一头让人恶心的英国猪。"

"他是一个人,而且是白人!"女孩答道。

"他就是个傻子,"克劳斯反驳道,"他不会说话,也听不懂人话。德国人对着他吐唾沫,那是他的荣幸。"

"不管怎样,不许让施密特再那么做了。"

船钟响起,施密特到驾驶舱与大副换了班。

"他才是猪。"女孩望着施密特的背影说道。

两个人站在那里望着那个野人,汉斯·德格鲁特从驾驶舱下来,走到他们边上。这个荷兰人二十岁出头,长相俊俏。在航行中,前任大副神秘"落水",他因而在巴达维亚被聘为大副。施密特认为本该是他得到大副的位置,所以并不掩饰自己对格鲁特的恨意。他们之间存有敌意,这在西贡号上是不会引发议论的,因为敌意一贯存在，不是例外。

拉尔森船长，由于高烧不退，现在在他的船舱里卧床休息，与包船的克劳斯互不搭腔；船员们主要是印度人和中国人，他们一直处于互相残杀的边缘。总而言之，那些被捕获的野兽是船上最令人敬佩的生物。

德格鲁特站在那里，看着笼子里的人，停了几秒钟没有说话。与女孩和施密特的反应几乎一样，"他是个白人！"他喊道，"你肯定不会把他像野兽一样一直关在笼子里的！"

"这正是我要做的，"克劳斯说，"这不关你的事，也不关别人的事。"他怒气冲冲地瞄了一眼女孩。

"虽然他是你抓的野人，"格鲁特说道，"但你至少给他把手松开吧，你没有必要这样残忍地绑住他。"

克劳斯不情愿地说："我这就去给他松绑，只要我能从下面拿一个铁笼子上来。这样喂食也太麻烦了。"

女孩说："他自从昨天就没吃过东西，也没喝过水。弗里兹，我不管他是做什么的，就你这种方式，别说是对待一个可怜的人，就是对狗我都不会这么做。"

"我也不愿这样。"克劳斯辩解道。

"他还不如一条狗。"一个声音从他们后面传出。来者正是阿卜杜拉。他走近笼子，朝里面的人啐了口唾沫，女孩用尽全力扇了他一记耳光。阿拉伯人的手迅速地握向自己的匕首，但德格鲁特走到两人中间，紧紧地抓住了他的手腕。

克劳斯说："珍妮特，你不该那样。"

女孩的眼中充满怒火，脸色煞白。"我不会袖手旁观，眼见着他这么侮辱人，你们也不行。"她直勾勾地盯着克劳斯的眼睛。

德格鲁特说："我支持她！你把他关在笼子里可能不关我的事，

但如果你们再这么粗暴地对他，那我就管定了。你让人把铁笼子拿上来了吗？"

克劳斯说："我想怎么对他就怎么对他，你又能怎么样呢？"

"我要狠狠地揍你一顿，"德格鲁特回答道，"然后把你交给下一个港口的当局。"

"铁笼来了，"珍妮特道，"把他关进铁笼里，然后把他手腕上的绳子松开。"

克劳斯害怕德格鲁特威胁要通知当局，这让他不安。"哦，来吧，"他用安抚的语气说，"我要好好地对待他。我在他身上投了不少钱，我也希望能从他身上赚很多钱。傻子才不好好待他。"

德格鲁特说："你得注意着点。"

从下面吊上来一个大铁笼，放在了木笼旁边，两扇门靠得很近。克劳斯掏出一把左轮手枪，两扇门随即都向上开启。"到那边去，你这个愚蠢的哑巴！"克劳斯一边用枪指着他，一边大喊道。他看都没看克劳斯一眼。"你们谁去拿一根绞盘杆过来，"克劳斯命令道，"从后面捅他。"

"等等，"女孩说，"让我试一试。"她走到铁笼的另一边，向俘虏示意。他只是看着她。"到这儿来一下，"她对德格鲁特说，"我来拿着你的刀，你把你的手腕交叉叠放，假装绑在一起。是的，就是这样。"她拿过那把刀，假装把绑在德格鲁特手腕上的那段并不存在的绳子割断，然后她又向木笼里的那个人示意。他站起身，因为木笼的空间太过狭小，所以他仍旧弓着背，根本无法站直，随后他走进了另外一个相对较大的笼子。

女孩一直站在笼子边上，手里拿着刀。一个水手关上了铁笼的门。俘虏走到女孩面前，转过身去，把手腕紧紧地贴在铁笼的围栏上。

"你说他傻，"珍妮特对克劳斯说，"其实他一点都不傻，我一看就知道。"她割断了绑在他手腕上的绳子,可以看到他的手腕已经开始肿胀,失去了血色。那人转过身,看着她。他虽然什么都没说,但他的眼神似乎充满了谢意。

德格鲁特站在她的旁边,对她说:"他算是养眼的类型吧。"

"很帅。"女孩答道。她转过身对着克劳斯,命令道:"去拿点食物和水。"

克劳斯冷笑着说:"怎么,你想当他的保姆吗?"

"我希望他能够被善待,"她答道,"他吃什么?"

"我不知道,"克劳斯答道,"阿卜杜拉,他吃什么?"

阿卜杜拉说:"这条狗已经两天没吃东西了,所以我想无论你给他什么,他都会吃吧。在丛林里,他就像野兽一样,吃他自己猎杀的动物。"

"我们要试一试,"克劳斯说,"死了的动物这样来处理是个好办法。"他派了一个水手到厨房去取肉和水。

铁笼子里的那个人一直盯着阿卜杜拉·阿布·尼姆看了许久,看到阿拉伯人无法忍受,他朝甲板上啐了口唾沫,然后转过身去。

"他要是从笼子里逃出来,你肯定没好日子过。"克劳斯说道。

阿卜杜拉说:"你不应该给他松绑,他比狮子还要危险。"

水手拿来了肉和水,珍妮特接了过来,然后把食物递给了野人。他喝下一小口水后,走到了笼子的一个角落里蹲下,用他那洁白有力的牙齿撕咬下食物,边吃边发出"呼噜噜"的声音。

女孩有些发怵,男人们不安地来回走了几步。"宽脑袋的怪兽吃相也是如此。"阿卜杜拉说道。

克劳斯说:"他的声音像一头狮子。阿卜杜拉,当地人都叫他什么名字?"

阿卜杜拉回答说:"他们叫他人猿泰山。"

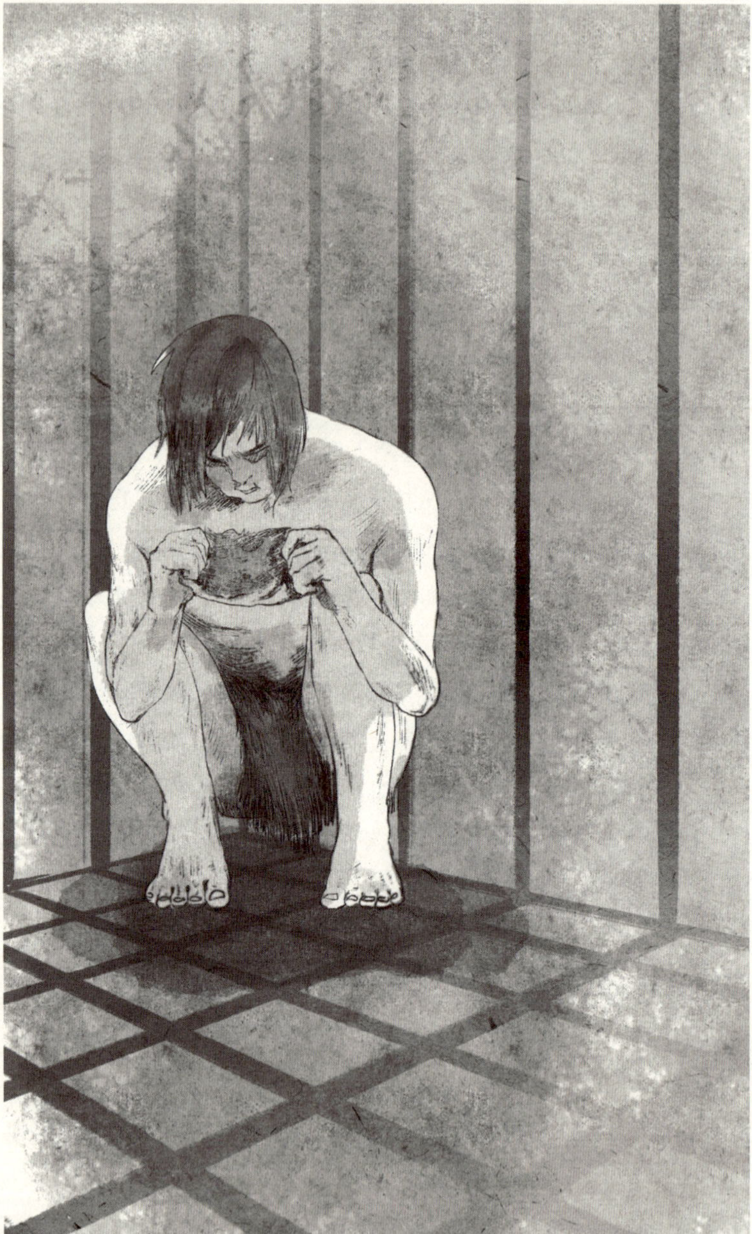

Chapter 3

海上生变

西贡号横跨印度洋到达苏门答腊岛,在那里,克劳斯又把两头大象、一头犀牛、三头猩猩、两头老虎、一只豹子和一只貘装上了船。由于担心德格鲁特曾经威胁过他,要把他俘虏人类的事情报告给巴达维亚当局,因此克劳斯停靠码头的时间并没有原计划长。他转而去了新加坡,又带了一群猴子、一头老虎和几条大蟒蛇。此后,西贡号穿过中国南海,向马尼拉驶去,这是它通往巴拿马运河漫漫长路上最后一个停靠的港口。

克劳斯很高兴,到目前为止,他所有的计划都进展得很顺利。如果他的那些货能安全抵达纽约,他就会大赚一笔。如果他知道西贡号上发生的一切,他也许不会那么高兴。拉尔森仍旧只能躺在他的船舱里,而德格鲁特是个不错的长官,他年轻,而且才刚到船上不久。就像克劳斯一样,他也不知道晚上施密特当班的时候,大家都在水手舱和甲板上谈论些什么。当时,二副诚恳地与印度籍水手杰布·辛格交谈了许久。随后，杰布·辛格在水手舱与其他印度籍水手同样诚恳地交谈了许久。

杰布的印度籍同伴钱德问："但是那些野兽是些什么呢？"

"施密特说，让我们把那些野兽和德格鲁特、克劳斯以及其他人一起扔进海里。"

"那些野兽很值钱，"钱德表示反对，"我们应该留下它们，再去把它们卖掉。"

另一个印度人说："我们可能会被抓，然后被判绞刑。"

"不会的，"杰布·辛格有点自相矛盾，"我们在新加坡那会儿，施密特得知，德国人和英国人打起来了。这是一艘英国船，施密特说德国人有权占领它。他说我们能获得奖金，他觉得那些动物根本不值钱，而且还碍事。"

"我认识一个几内亚的人，他会买的，"钱德说道，"我们不能让施密特把它们扔到海里。"

这些人都用方言交谈，他们认为中国籍的水手肯定是听不懂的，但是在这一点上他们错了。梁奇曾经搭乘小帆船在中国海上航行，小帆船的水手们就是印度人，那时他就学会了他们的语言。除此之外，他还开始讨厌印度人，因为他在小帆船上受到了非常恶劣的待遇，而且没有分得他们打劫的赃物。但梁奇的脸上没有任何迹象表明他听明白了这番偶然听到的对话。他的表情一如往常，极为冷漠，同时还一口一口地抽着黄铜长杆烟斗。

关在甲板上大铁笼里的那个人经常来回踱步，一走就是好几个小时。他常常跳起来，双手交替抓住笼子顶上的栅栏，从笼子的一头吊到另一头。每当有人走近他的笼子时，他就会停下来。因为他既不是为了自娱自乐，也不是为了表演给别人看的，而是为了在被关押期间依然保持他健壮的体格。

珍妮特·拉昂经常来到他的笼子边，发现定期有人来投放食物，他也一直有水喝。她试图教他说她的母语——法语。但就这方面而言，她毫无进展。泰山明白自己是怎么回事，虽然他现在不能说话也无法理解对话，但他的思想和智慧一如既往。他想知道自己会不会康复，但他并没有因为不能与人交谈而大伤脑筋。最让他烦恼的是，他再也不能和那些人类的祖先交流了，比如猴子、大白猿或大猿，他把船上的猩猩都归到这一类，而船上的这些猩猩就关在他附近的笼子里。看到西贡号上装载的货物，他就明白了他今后的下场。但他也知道，迟早他会逃跑的。这是他在甲板上看到阿卜杜拉·阿布·尼姆的时候，最常想到的一点。

晚上，在没有人靠近的时候，他试了试笼子的围栏。他相信他能把相邻的两根铁栏杆拉到足够让他的身体钻出去的位置。但是他也想到，如果他这么做了，那么在海上，他们只会选择对他开枪射击，因为他知道他们怕他。他以野兽般的耐心等待时机。

无论阿卜杜拉·阿布·尼姆还是施密特在甲板上时，他的眼睛都一直盯着他们，因为这两个人都向他吐过唾沫。阿卜杜拉·阿布·尼姆有理由恨他，因为泰山已经断了他贩卖奴隶和偷猎象牙的财路。但是，二副的动机仅仅是一个恶霸和懦夫的自然反应，他将泰山视为自己无力报复的敌人。

由于阿卜杜拉·阿布·尼姆憎恨克劳斯和那个女孩，而德格鲁特又无视他的存在，所以他大部分时间都与施密特厮混在一起，后来他们二人发现了彼此的许多共同点，成了密友。阿卜杜拉希望有机会报复克劳斯，很乐意帮助施密特执行二副的计划。

施密特对阿卜杜拉说："所有的印度水手都是跟着我的，但我们还没有跟那些中国人谈过这事。他们和这艘船上的印度水手之间有仇，杰布·辛格说如果中国人要参与进来分杯羹的话，他的人就不干了。"

"没有多少人,"阿卜杜拉说,"如果他们惹麻烦,也可以把他们扔进大海。"

施密特解释道:"问题是我们需要船员,关于把他们扔出去这个事情,我已经改主意了,我们不需要扔任何人。他们都将因为战争而成为囚犯,这样一来,如果出了事情,我们也不会受到谋杀的指控。"

阿拉伯人问:"如果没有拉尔森和德格鲁特,你会开船吗?"

施密特说:"当然会,我还有乌班诺维奇,他是站在我这边的。作为一个地地道道的俄国人,他讨厌克劳斯,他讨厌任何比他有钱的人。我可以让他做我的大副,但是他还得继续在轮机舱操作。杰布·辛格做二副。哈!我已经把所有工作都安排好了。"

阿拉伯人问他:"那你打算当船长吗?"

"那是当然了。"

"那我能做什么呢?"

"你吗?哎呀,你可以当个海军上将。"

下午,梁奇找德格鲁特聊了一下。"或许,你今晚就要死了。"梁奇轻声说道。

"梁,你这是什么意思?"德格鲁特问道。

"你了解施密特吗?"

"当然,他怎么了?"

"今晚,他要劫船;那帮印度人,他们要劫船;乌班诺维奇也劫船;那个穿着白色长袍的人,他也劫船。他们要杀拉尔森,杀你,杀克劳斯,把所有人都杀光。中国人不劫船,不杀人,不杀。你明白了吗?"

"梁,你是抽大烟产生幻觉了吧?"德格鲁特问道。

"不是幻觉,你等着瞧。"

"那么中国人呢?"德格鲁特问道,他现在已经开始担心了。

"他们不会杀你。"

"他们会和印度水手打起来吗?"

"那还用说,只要你把枪给他们。"

"没有枪,"德格鲁特说,"告诉他们把绞盘上的木条拆下来拿着,再拿上固定缆绳用的销子,还有刀具,你明白吗?"

"我明白了。"

"如果混战开始,你们要痛打那些印度人。"

"那还用说。"

"谢谢你,梁,我不会忘记这一切的。"

德格鲁特当即就去找了拉尔森,却发现他在床铺上打滚,发高烧,神志不清。然后他去了克劳斯的船舱,他在那里找到了克劳斯和珍妮特·拉昂,并向他们解释了情况。

克劳斯问:"你信得过那个中国人吗?"

他回答说:"中国人没有理由编造这样荒诞的故事。我相信他,他是船上最好的帮手之一——话不多,干好自己的活,管好自己的事。"

克劳斯问:"那我们能做些什么?"

德格鲁特说:"我要马上逮捕施密特。"

船舱门在摇晃中开启,施密特站在门口,手里拿着自动手枪。"去死吧,你要抓我,你这个该死的荷兰人。我们刚才看到那个中国人在跟你说话,我们很清楚他都跟你说了什么。"

门外,有六个印度水手从施密特背后拥了出来,施密特对水手们说:"把他们绑起来。"

水手们从施密特身后冲进了船舱,德格鲁特走到女孩面前,对着印度人说:"不要用你们的脏手碰她。"其中一个水手想一把把他推到边上,好去抓珍妮特。结果,德格鲁特把他打倒在地。瞬间引发了一场混战,但只有德格鲁特和珍妮特二人参战。克劳斯惊恐地蜷缩在角落里,自愿把双手背在身后。珍妮特拿起一副沉重的双筒望远镜,击倒了一个印度人,而德格鲁特又打倒了两个,但他们获胜的概率很小。打斗结束后,他们都被捆了起来,德格鲁特因为头部被击而不省人事。

"这是叛变,施密特,"克劳斯说,"如果你不让我走,你会被绞死的。"

"这不叫叛变,"施密特答道,"这是一艘英国船,不过我是以希特勒的名义来接管的。"

"我是德国人,"克劳斯抗议道,"而且我租了这艘船——它是一艘德国船。"

"哦,不,"施密特说道,"这船是在英国注册的,航行时悬挂的也是英国国旗。如果你是德国人,那么你就是叛徒,德国人都知道如何对待叛徒。"

Chapter 4
囚禁拉昂

泰山知道船上一定发生了什么,但他不知道具体是怎么回事。他看到一名中国水手被吊起来鞭打。两天来,他没有看到过那个女孩或年轻的大副,没有人定时给他送饭,也没有人给他水喝。他看见那个向他吐口水的二副在指挥这艘船。因此,虽然他不知道,但他能猜到发生了什么。阿卜杜拉·阿布·尼姆偶尔会经过他的笼子,但没有骚扰他。泰山知道原因——是因为那个阿拉伯人怕他,尽管他被关在铁笼里。他不可能永远待在笼子里,泰山知道这一点,阿卜杜拉·阿布·尼姆为此担心。

现在,印度人大摇大摆地在船上晃来晃去,而中国人做了大部分的工作。只要中国人稍一惹事,甚至根本没有惹事,施密特都会对他们拳脚相向。泰山看到那个人的拇指被拴起来,继而整个人被吊起来鞭打,一小时后被打死,然后被拖回了水手舱。酷刑使他感到厌恶,但他当然不知道事情的原委,只认为是在惩罚他。

二副每次经过泰山的笼子，都会停下来，站在那里骂骂咧咧。每次见到泰山，他似乎都无法控制自己的愤怒之情，就像是刺激到他的自卑感一样。泰山不明白这个人为什么这么恨他。他不知道，施密特是一个变态，做任何事情都不需要理由。

有一次，他手持鱼叉来到笼子边，透过栅栏的空隙戳向猿人，而阿卜杜拉则以赞许的目光望着他。泰山抓住了叉柄，猛然一抽，便毫不费力地从施密特手中夺了过去，就如同从婴儿手中取物一般。这下，野人手中有了武器，施密特再也不去靠近笼子了。

在泰山最后一次见到那女孩之后的第三天，他看到了他之前的木笼和一个更大一些的铁笼子被吊到甲板上，紧挨在他旁边。过了一会儿，他看见几个印度水手把那个女孩押到了甲板上，并关进了木笼。然后，他们又把德格鲁特和克劳斯带上来，锁进了铁笼。不久，施密特从驾驶舱里走了出来，站在他们面前。

"施密特，你这是什么意思？"德格鲁特问道。

"你抱怨自己被关在下面，是不是？你应该感谢我把你带到甲板上，而没有挑你的毛病。在这里，你可以呼吸到充足的新鲜空气，可以晒阳光浴。我希望到柏林开展的时候，你们能展现出最好的状态，到那时候，我会把你们跟底下的那些低等物种一起展览。"施密特大笑起来。

"如果把我和克劳斯像野兽一样关在这里，能让你高兴，那你就关吧，但是，你不能把拉昂小姐也继续扣留在这里，你不能让一个白人女性暴露在那么多水手的面前。"尽管德格鲁特一早就得出结论，他们已经落入一个疯子之手，而引起他的反感只会让他更变本加厉地羞辱他们，但他很难从声音中掩饰自己的愤怒和轻蔑。

"如果拉昂小姐愿意，她可以和我共用船长室，"施密特答道，

"我已经把拉尔森弄走了。"

"拉昂小姐宁愿呆在野兽笼子里。"女孩答道。

施密特耸耸肩说:"这是个好主意,我来看看,是把你放到克劳斯先生的狮子笼里,还是你更喜欢老虎。"

女孩回答说:"随便你!"

"也许把你和你喜欢的这个野人关在一起,"施密特建议道,"能为大家提供精彩的娱乐节目。阿卜杜拉告诉我,这个人可能是一个食人族。我把你跟他关到一起后,我就不用喂他了。"

施密特大笑着离开了。

"这个人绝对是疯了,"德格鲁特说,"我早就猜想他不正常,但我从来没想到他就是一个彻彻底底的疯子。"

珍妮特问:"你觉得他刚才威胁我们的那番话,会付诸行动吗?"

德格鲁特和克劳斯都默不作声。他们用沉默回答了女孩的提问,这更加剧了她内心的恐惧。当初,喂那个野人食物和水是对的,即便这样,她也是想着万一他要抓她,那就得从他的笼子里快速跑开。她真的很怕他,但她与生俱来的友善促使她去帮他。不仅如此,她还知道,她的行为惹恼了克劳斯,这个令她暗自讨厌的人。

滞留在巴达维亚的时候,珍妮特及时地听取了克劳斯的提议,这样她才可能离开那里,随便去哪儿都行。纽约的景色非常吸引她。她听说过许多美国的大都市,以及发生在那里的诸多神话般的故事,故事里的美丽女孩都能过上安逸的生活,能收到皮草大衣和珠宝首饰,珍妮特知道自己在任何一个国家都算得上美女。

虽然德格鲁特和克劳斯都没回答珍妮特的问题,但这个疑惑很快有了答案。施密特带着几名水手回来了,他和另外两个印度人配了手枪,其他人都带着赶牲口用的刺棒。

水手们解开了珍妮特笼子上的绳索,把笼子推到关押泰山的

囚禁拉昂 | 111

笼子边上，让两个笼子的门紧挨着，然后把两扇门同时往上拉。

"到那边去，跟你的野人待在一起。"施密特命令道。

"你不能这么做，施密特！"德格鲁特喊道，"看在上帝的分上，不要做这样的事情。"

"闭嘴！"施密特厉声说道，"赶快进去，小妞！你，用那些刺棒戳她！"

其中一个印度人用刺棒戳向珍妮特，泰山低声咆哮着，开始往前挪动。三把手枪瞬间瞄准了他，带着尖角的刺棒齐齐地挡住了他的去路。咆哮声吓坏了那女孩。但是，当她意识到他们可以强迫她进笼子的时候，她突然昂起头，迈开步子大胆向前走去。铁笼子的门在她身后关上了，这下她在劫难逃。

德格鲁特、克劳斯、施密特以及那些印度水手都屏气凝神，等待着悲剧的发生，但他们对此事的心态各不相同：施密特心情愉悦，印度人表情冷漠，克劳斯神态紧张，至于德格鲁特，虽然是一个冷静的荷兰人，但这种心情也是以前从未体味过的。若他是法国人或是意大利人，那他一定会抓着头发不停地尖叫，但是，作为荷兰人，他把情感都禁锢在自己的心里。

珍妮特·拉昂就站在笼子内侧的门口，等着。她看着泰山，泰山看着她。他知道她很害怕，他希望自己能跟她说话，使她放心。然后他做了他唯一能做的事，对她微笑。这是她第一次看到他微笑。她希望那是一个能让人安心的微笑，一个友好的微笑。但是之前，她已经听说了一些可怕的故事，都说他凶残，所以她无法确定那个微笑的含义。或许，那个微笑背后隐藏着某种期待。为了安全起见，她挤出一个微笑，算是回应。

泰山拿起从施密特那里夺取的鱼叉，穿过笼子，走向她。德格鲁特大喊："杀了他，施密特！他要杀她。"

"你觉得我疯了吗？杀掉那么值钱的展品！"施密特答道，"现在我们需要找点乐子。"

泰山把鱼叉递给女孩，便走回去，坐在笼子的另一头。手势的含义是明确的。珍妮特感觉她的膝盖就要支撑不住了，于是赶紧坐下来，以免跌倒。极度紧张的神经突然得到缓解时，往往会引起这种反应。德格鲁特则惊出一身大汗。

施密特在愤怒和失望中上蹿下跳。"野人！"他尖叫道，"阿卜杜拉，你说过他是个野人！你个骗子！你撒谎！"

"如果你觉得他不是野人，基督徒，"阿拉伯人回答道，"那你自己去他的笼子里体验一下吧。"

Chapter 5
泰山中枪

泰山坐着,眼睛盯着施密特。他完全不明白那个人说了些什么,但是,从他的面部表情,他的姿势,他的行动,以及所发生的一切,他能准确地判断这个人。又一笔账记到了施密特先生的头上,他的棺材板上又钉下了一颗钉子。

第二天早上,大铁笼里的两个俘虏都非常高兴。珍妮特高兴是因为她发现自己很安全,与吃生肉的人待了一晚而毫发无损。关键是他不仅吃生肉,还会在吃饭时低声吼叫,他可以赤手空拳地杀死三名非洲战士,而且阿卜杜拉还说他是食人族。她非常高兴,唱了一段法语歌,这首歌在她离开巴黎时曾经颇为流行。泰山高兴是因为他能听得明白那些词,经过一夜的休息,他身体上的疼痛已经离他而去,这些伤痛真是来得快也去得快。

"早上好!"他用法语说道,这是他第一次学人类语言的时候,一个法国中尉教他的。很久以前,他救过中尉的命。

女孩惊讶地看着他，结结巴巴地说："我——早上好！我——我——他们说你不能说话。"

"我遭受了一场意外，"他解释道，"不过现在好了。"

"我非常高兴，"女孩说道，"我……"她有些犹豫。

"我知道，"泰山打断她，"你很怕我，你不用害怕。"

"他们把你说得很不堪，你一定也听到了。"

泰山解释说："那时候，我非但不能说话，也丧失了理解能力。他们都说我什么了？"

"他们告诉我，你很凶残，你……你，还吃人。"

泰山露出了罕见的笑容。"他们把你关在这，是希望我把你吃了？这事是谁干的？"

"是施密特，他叛变了，接管了整艘船。"

"是那个往我身上啐唾沫的人。"泰山说道。女孩觉得她好像从泰山的声音中听出了怒吼的成分。

阿卜杜拉说的是对的，这个人确实能让人想到一头雄狮。不过，她现在已经不怕他了。

"你让施密特失望了，"她说，"你递给我鱼叉，然后你走到笼子的另一端坐了下来，这让他很恼火。虽然你一言未发，但是在他眼里，你的行为已经肯定能确保我的安全了。"

"他为什么恨你？"

"我也不知道他为什么恨我，他是一个施虐狂魔。你肯定见识过他是怎么对待可怜的梁奇，他是怎么踢打中国船员的。"

"如果你知道的话，我希望你能告诉我船上到底发生了什么，我还不能理解，他们想要我干吗。"

"克劳斯打算带你去美国，把你作为野人公开展示——我的意思是跟他的那些野兽一起公开展览。"

泰山中枪 | 115

泰山又笑了:"克劳斯是那个和大副一起关在笼子里的人吗?"

"是的。"

"你把你知道的信息,施密特计划叛乱的事跟我说说。"

女孩一说完,泰山就已经把西贡号上的每一个主要人物都对上号了。在他看来,只有这个女孩、德格鲁特,以及那些中国籍的船员们才值得他好好谋划一下——确切地说,是他们和那些被关在笼子里的野兽。

德格鲁特醒来的第一件事便是在笼子里呼唤珍妮特,他问:"你还好吗?他有没有伤害到你?"

"没有。"她保证。

"我今天要和施密特谈一谈,看看我是否能说服他把你从笼子里带出来。我想,如果克劳斯和我同意永远不指控他,也许他会把你放出去。"

"这里对我来说是整条船上最安全的地方。只要船还在施密特的控制之下,我就不想出去。"

德格鲁特惊讶地看着她,"那家伙可是有兽性的,"他叫道,"他可能还没伤害你,但可真说不准他会做出什么事来,特别是如果就像施密特威胁的那样,故意饿着他呢。"

珍妮特笑了。"如果你认为他是一个凶残的野人,你最好注意点,别随便说他,说不定什么时候,他就从这个笼子里出去了。"

"噢!他不可能听得懂我在说什么,"德格鲁特说道,"况且他也不可能逃出这个笼子。"

克劳斯被谈话吵醒。他走过来,站在德格鲁特旁边。"我觉得他不可能从笼子里逃出来,"他说,"施密特会确保他逃不出来的,施密特知道他能干些什么,况且你们不必担心,他听不懂我们的对话,他就像他们说的那样愚蠢。"

珍妮特转过身来看看泰山是否受到德格鲁特和克劳斯对话的影响，她不知道他会不会告诉他们，他能听得懂，而且他还完全掌握了目前的情况。令她吃惊的是，她看到那个男人躺在靠近栅栏的地方，显然是睡着了。这时，她看到施密特走近了，于是她克制住自己，没有告诉德格鲁特和克劳斯，他们口中的野人能听懂他们的一切对话，只要他听得到。

施密特来到笼子边。"你还活着嘛，"他说，"我希望你和这个猿人在一起度过了一个愉快的夜晚。如果你要教他一些技巧，那么到时候我会把你当作驯兽师一起展示。"他向笼子边靠近了几步，低头看着泰山。"他睡着了吗？还是你把他杀了？"

突然，泰山的手从栅栏间的空隙处伸出来，一把抓住了施密特的脚踝，猛地将他的整条腿都拖进了笼子，施密特背朝下摔倒在地，他尖叫起来，泰山的另一只手从他身上的皮枪套中拔出了枪。

"救命啊！"施密特尖叫道，"阿卜杜拉！杰布·辛格！钱德！快来救我啊！"

泰山扭动着他抓住的那条腿，施密特痛苦地尖叫起来。阿卜杜拉、杰布·辛格和钱德听到叫声，都跑到笼子前，但当他们看到那个野人拿着枪指着他们时，没人敢再往前走一步。

"让他们给我拿些食物和水，不然我拧断你的腿。"泰山说道。

"英国狗说话了！"阿卜杜拉轻声道。与此同时，德格鲁特和克劳斯一副目瞪口呆的样子。

"如果他能说话，那他肯定听得懂我们在说什么，"克劳斯说道，"也许他一直都听得懂。"克劳斯努力回忆他都说了些什么日后可能会后悔的话，他知道这个人不可能一直呆在笼子里不出来，除非……但是现在那家伙手上有枪，想要杀他并不容易。他要跟施密特说一下，干掉他完全符合他们二人的共同利益。

施密特扯着嗓子叫人拿来了食物和水。突然，德格鲁特叫道："快看，快看！在你身后！"但是已经太迟了，枪响了，泰山倒在了笼子里。是杰布·辛格悄悄地绕到了笼子的后面，在枪响之前竟然谁都没有发现他。

施密特急忙往外爬，但是珍妮特拿过枪，转身射向杰布·辛格，此时他正准备朝躺在地上的泰山补射一枪。她的子弹正中印度人的右臂，迫使他扔掉了武器。然后，女孩一边瞄准杰布·辛格，一边走到笼子的另一边，从栅栏的空隙中伸手拿到了杰布·辛格的枪。这时，女孩又回到泰山的身边，俯身跪下，用一只耳朵贴近他的心脏。

施密特站在那里浑身发抖，在狂怒中骂个不停，但却无能为力。此时，从驾驶舱传来消息，海面上还有另外一艘船，施密特一瘸一拐地要去看个究竟。西贡号在航行期间没有悬挂任何旗帜，以便施密特在情况紧急时选择任何对自己有利的国旗。

另外一艘船被证实是一艘英国游艇，因此，施密特在船上挂上了英国国旗。然后他用无线电询问对方，船上是否有医生，因为他这边有两个人受伤。这次他倒没有说谎。至少，杰布·辛格正遭受着痛苦，嘴里不停地哼唧。泰山则仍旧躺在他倒下的地方。

游艇上有一位医生，施密特说会派一艘小船过去接他。他自己和船一起去了，船上装满了他们能找到的东西，各种各样奇怪的手枪、步枪、船钩、刀和动物的东西，这些东西都藏在视线之外。

他们划到游艇边，爬上了绳梯，然后登上了甲板。此时，游艇上的人们才意识到这群人来者不善，这让他们着实吃了一惊。与此同时，西贡号降下英国国旗，取而代之的是德国国旗。

游艇的甲板上大约有二十五到三十个男人和一个女孩，他们惊奇地看着这帮凶残的人，这些看似海盗的船员个个手持武器，面对着他们。

游艇上的船长问:"这是什么意思?"

施密特指着西贡号上飘扬的德国国旗,答道:"意思是我要以德国政府的名义抓捕你。我要把你当奖品,并派几名押解船员到船上。你可以把轮机手和舵手留在这里。我的大副杰布·辛格会负责指挥。他受了轻伤,你们的医生要给他处理一下伤口,其余的人得跟我一起回到我的船上。你们要把自己看作是战俘,按照要求注意你们的言行。"

"但是,老兄,"船长抗议道,"这艘船并没有武装,它不是艘战舰,它甚至都不是商船;这就是进行科学探险的一艘私人游艇。你作为一名商人,不能想着控制我们。"

"我要说的是,老兄,"一个穿法兰绒衣服的高个子男人说,"你不能——"

"闭嘴!"施密特厉声道,"你们是英国人,这就是控制你们的充分理由。快过来!医生在哪里?快来干活!"

当医生在为杰布·辛格处理伤口时,施密特让他的手下搜查这艘船上的武器和弹药,发现了几支手枪和猎枪。医生处理完杰布·辛格的伤口后,施密特派了一部分他的人,并留下了游艇上的几个水手来操作船上的设备。然后,他把剩下的人都赶上了小船,并把他们统统带回了西贡号汽船。

穿白色法兰绒衣服的年轻人喊道:"这真是太粗暴了。"

女孩说:"阿尔吉,事情可能会更糟。现在你不用非得跟我结婚了。"

"天哪,老兄,"年轻人抗议道,"这可能会更糟。"

Chapter 6

劫持游艇

那颗撂倒泰山的子弹,只是擦伤了他的头部,这皮外伤使他昏迷了几分钟。他很快就恢复过来。现在他和珍妮特·拉昂一起看见又有囚犯朝西贡号这边走过来。

女孩偷偷说:"施密特这下成了海盗。我不知道他会怎么处置那些人!差不多有十五个人呢。"

泰山没来得及回答,就见施密特叫过来八个船员。这八个船员已经投降了,答应为施密特效劳。施密特叫他们在甲板上又放置两个笼子,和原先已经放置的笼子并排。"现在,"他说道,"我知道我不该这么做,但我准备让你们自己选择和哪些人关押在一个笼子里。"

"我说,"阿尔吉侬·怀特喊道,"你不能把女士关在那样的笼子里啊!"

"可以关英国公猪的地方就可以关英国母猪,"施密特咆哮道,

"赶快决定你想进哪个笼子吧。"

一个有着花白胡须的老人气呼呼地"哼"了一声,脸都气紫了。"你这个该死的无赖!"他轻蔑地说道,"你不能这样对待英国妇女。"

"别激动,姑父,"女孩说,"我们得照他说的做。"

"威廉,我绝不会踏入这样的破玩意儿,"这群人里的另一名妇女说道。她大约五十岁光景,腰上堆着厚厚的赘肉。"帕特丽夏也不应该踏入。"

"好了,来吧,"女孩劝诫道,"你知道,我们现在是肯定没有办法的。"说完,她就走进了那两个笼子中稍微小一点的笼子。接着,她的姑父和姑妈也认识到抵抗无济于事,只得跟着她走了进去。博尔顿船长、游艇上的二副迪贝特、克劳奇博士和阿尔吉侬,四个人一起被赶进第二个笼子。

施密特在笼子前面走来走去,沾沾自喜地说道:"我的动物园规模越来越大啦!一名法国女孩、一名德国叛徒、一名荷兰走狗、七头英国猪,还有我的猿人、猴子、狮子、老虎、大象。这些必将在柏林引起轰动。"

笼子里关押着利氏夫妇和她侄女,一头紧挨着关押泰山和珍妮特·拉昂的笼子,另外一头紧挨着关押其余四名英国人的笼子。

佩内洛普·利厌恶地看着泰山,她低声对侄女帕特丽夏说:"天哪!这个家伙几乎赤身裸体呀。"

帕特丽夏说:"姑妈,他还是相貌堂堂的。"

佩内洛普厉声说道:"不许看他!还有那个女的,你说那个女的是他妻子吗?"

"她看起来不像是一个野人啊。"帕特丽夏说道。

"那她为什么单独和他关在一起?"利夫人盘问道。

"也许她和我们一样呢。"

劫持游艇 | 121

佩内洛普·利一脸不屑地说道:"哼!她一看就像个水性杨花的女人嘛。"

"现在,"施密特吼道,"我们准备喂养这帮动物了。没事干的人都可以过来观看。"

印度水手、中国水手和几名游艇的船员都围聚在笼子前,看着食物和水端了过来。食物简直就是一锅大杂烩,无论是颜色还是气味,根本分不清有些什么东西。泰山得到了一大块生肉。

"太恶心了。"佩内洛普·利鄙夷地说道,把送到眼前的食物推开。过了一会儿,她听到隔壁笼子里传来瓮声瓮气的响动,扭头一看,大吃一惊,差点吓晕过去。"快看!"她声音颤抖地低声说道,"那家伙像狼一样'哼哼'叫呢。他在吃生肉。天哪,太可怕了!"

帕特丽夏说:"我发现他很迷人啊。"

"恶心极了!"威廉·塞西尔·休·珀西瓦尔·利上校粗暴地说道,"肮脏的无赖。"

利夫人怒斥道:"下贱!"

泰山抬头看了看珍妮特·拉昂,嘴角露出淡淡的笑容,对她眨了眨眼。

"你也听得懂英语吧?"她问道。泰山点了点头。随后,她又问道:"你介意我跟他们开点玩笑吗?"

泰山答道:"当然不介意,你随意发挥。"他们低声用法语交流着。

"你觉得船长的味道怎么样?"她用英语问道,声音大得足以让隔壁笼子里的人听到。

"和上周那个瑞典人比起来,味道稍微差一点。"泰山回答道。

佩内洛普脸色苍白,感到一阵阵恶心。她一屁股重重地坐到地上。那位上校，本来眼睛就有点鼓出来的，此刻更是瞠目结舌地看着隔壁笼子，不敢相信自己的眼睛。他的侄女走近他，低声说道："我觉得他们在戏弄我们呢，伯父。我看见他对那个女孩眨了眨眼睛。"

"我要恶心得晕过去了。"利夫人喘着粗气叫道。

关在另一个笼子里的阿尔吉侬·怀特·史密斯问："上校，发生了什么事？"

上校低声回答道："那个魔鬼正在吃船长呢。"德格鲁特都听到了，咧嘴笑了笑。

"我的老天啊！"阿尔吉侬惊呼道。珍妮特别过头偷偷地笑。泰山用他那雪白结实的牙齿撕咬那块生肉。

"我跟你们说过，他们在戏弄我们呢，"帕特丽夏·利说道，"我可不相信，文明人怎么会允许那个人来吃人肉。就算他想吃，我也不信。那个女孩背过身，我看到她肩膀在颤动，她在偷笑呢。"

突然又传来一阵狮子的咆哮声，吓得利夫人哭喊起来："什么东西呀，威廉？"

在此之前，动物们出乎寻常地安静了一段时间。但是，现在它们也非常饥饿了。狮子的咆哮声把它们都带动起来。结果，其他动物也开始躁动不安，各种动物都开始发出令人毛骨悚然的叫喊声。震耳欲聋的狮子怒吼声、老虎的呼啸声、令人脊背发凉的鬣狗狂笑声,还混杂着大象的嘶鸣和其他小动物的"悉悉索索"声。

"哦呀呀！"利夫人尖声叫道，"天哪！太可怕了！快让这种声音停下来，威廉。"

"哼哼！"上校气呼呼的，但显然已经没有了往常的威风。过了一会儿，看管动物的水手开始给这些动物喂食，喧嚣渐渐平息了，又恢复安静。

劫持游艇 | 123

随着夜幕降临，天空又开始乌云密布，狂风袭来，轮船又开始颠簸，所有动物又变得焦躁不安起来。一名水手走过来，给每个笼子分派桶装水，唯独没有给关押泰山的笼子送水。为了给笼子送水，水手必须打开笼子的门，才能把水桶拎进笼子，然后，水手又给其他每个笼子一把扫帚，让各个笼子里的人自己清洗笼子。虽然有两个带着步枪的水手陪同，但他还是没有打开关押泰山的笼子。因为施密特害怕那个野人会乘机逃跑。

泰山发现，自从被带到西贡号上以后，这个程序每天都会进行。他知道，总是这同一个水手送水来，而且每天晚上四点钟左右他还会上来再查看一次。他来查看的时候，总是独自一人，因为他不必打开笼子。但为了安全起见，施密特特意给他配了把手枪。

这天下午，当他把水送进关押利氏一家的笼子时，上校告诉他："伙计，给我们拿四副蒸汽椅子或者垫子来。"旋即，他递给水手一张五英镑的票子。

水手接过票子，看了看，把它塞进他的脏衣服里。"没有椅子，也没有垫子。"他说着走向下一个笼子。

上校对他喊道："嗨！伙计！过来！谁是这艘船的船长？我要见他！"

"现在的船长是施密特，"水手回答道，"拉尔森船长生病了，已经三四天没见到他人了，也许已经死了。"说完，他便继续向前，上校不再叫住他。

利夫人浑身瑟瑟发抖。"果然把船长吃了。"她倒吸了一口凉气，惊恐的目光紧紧地盯着泰山笼子里的一块骨头。

Chapter 7
英国女孩

大雨滂沱，狂风从笼子里呼啸而过，笼子里那些毫无保护的人如被密集的针眼扫过一般。海浪汹涌，电闪雷鸣，西贡号在海面上忽上忽下地晃动，轰隆隆的雷电不时炸响，掩盖掉船上野兽的鬼哭狼嚎声。

泰山笔直地站在他的笼子里，享受着狂风暴雨、电闪雷鸣的肆虐。每一次闪电掠过，都会照亮笼子里的人，呈现出他们的千姿百态。有一次，泰山看到那个英国人把他自己的外套披在妻子的肩膀上，同时用自己的身体为妻子遮挡暴风骤雨。那个英国女孩也和泰山一同笔直站着，似乎也很享受与暴风雨的搏斗。就在那一刻，泰山喜欢上了这两个人。

泰山在等待机会。他在等待水手每晚的例行检查。但是，那天晚上水手却没来。丛林之神可以耐心等待。多年来他都与野兽为伍，已经养成了足够的耐心。他知道，水手总是要来的。

126

暴风雨越刮越烈,西贡号在暴风雨中继续前行,巨浪在船尾翻卷,总是威胁着要打翻船尾。狂风在痛苦地咆哮,卷起海浪,连同暴雨一起,劈头盖脸地砸向笼子里关押着的那些可怜人。珍妮特·拉昂躺下来准备睡觉。那个英国女孩在狭小的笼子里不停地走来走去。泰山看着她。他了解这样的女孩,性格外向,喜欢自由。她走路时从容自若的步伐就已经显现出她的性格了。她做任何事都是有效率的,而且还能吃苦耐劳,无怨无悔。泰山确信自己不会看错。因为,自从她被带上了西贡号,他就一直在观察她,注意到她也像自己一样坦然接受不可避免的事实。他想她也在耐心地等待良机。一旦机会来临,她也会充满勇气地见机行事。

此刻他观察着她,任凭狂风暴雨肆虐,任凭轮船摇摆不定,他都视之为常。她站在与泰山相连的笼子里看着泰山。

她嫣然一笑,问道:"你好好享用船长了吗?"

泰山回答说:"他似乎有点咸。"

"也许那个瑞典人味道会更好。"她建议道。

"好很多。尤其是腿部的肉。"

"你为什么要吓唬我们?"她又问道。

"你的姑父和姑妈谈论我们时,不太友好。"

"我知道,"女孩说,"我很抱歉。但他们也是太焦虑了。这样的经历,对他们来说打击太大。我很担心他们,他们老了,经不起这么折腾。你觉得施密特会对我们做什么呢?"

"不好说。这个人疯了,他计划着要去柏林向公众展示我们,太滑稽可笑了。如果他把我们带到柏林,我们英国人会被监禁起来的。"

"你是英国人?"

"我的父亲和母亲都是英国人。"

女孩说:"我叫帕特丽夏。可以请你介绍一下自己吗?"

他说:"我叫泰山。"

"只是泰山?"

"对。"

"泰山先生,你能告诉我你怎么会被关在那个笼子里吗?"

"叫我泰山就可以,不需要加先生二字,"他纠正道,"我之所以在这儿,是因为船上的阿卜杜拉·阿布·尼姆要对我复仇,他让一个非洲酋长抓住了我。当然,那个非洲酋长也有充足的理由要致我于死地。阿卜杜拉把我卖给一个名字叫克劳斯的人。克劳斯到处收集动物,卖到美洲去。现在克劳斯就被关在我们旁边的笼子里。施密特,他本来只是船上的二副,却抢夺了克劳斯的船,把船上的野人、野兽据为己有。他也把克劳斯关了起来。"

"如果这场暴风雨愈来愈烈,他很快就控制不了我们啦。"女孩说道。这时,她的手牢牢抓住笼子的栅栏,因为海上的波浪更加汹涌,轮船在巨浪中起伏不定,剧烈地摇摆晃动。

"西贡号已经很难撑住了。"珍妮特说。这时,她已经站得更加靠近泰山这边了。"但我想它会渡过难关的。我们出门的时机不对。不过那个时候我们有拉尔森船长指挥,有德格鲁特先生做大副。但现在是施密特做主,情况大不相同了。"

轮船突然剧烈晃动,尾部沉入大海,然后又被卷入浪谷,船身一下子倾斜过来。一道闪电掠过,只见上校和他妻子被重重地砸在笼子的栅栏上,传来他妻子尖利的叫喊声。

英国女孩叫道:"可怜的佩内洛普姑妈!她已经撑不住了,"她摸索着走到她姑妈身旁,"姑妈,你受伤了吗?"她问道。

"我身上的每一根骨头都碎了,"利夫人说,"我从未赞成过这次愚蠢的探险。谁在乎海底的生物呀。在伦敦见不到这些生物又怎样呢？现在，我们没了女神号，也有可能要为此付出我们的生命。这下你姑父心满意足了吧！"帕特丽夏宽慰地松了口气，因为她知道，她的姑妈眼下还没事。上校一直保持着镇定。二十五年的经验告诉他什么时候应该保持镇定。

漫长的夜晚过去了。但暴风雨并未平息。西贡号仍然在海面上艰难地前进，不过船速已经很慢了。偶尔一阵巨浪袭来，顿时船尾下沉，甲板上海水泛滥，几乎将关在笼子的人都浸没在海水之中。笼子里的人只能紧紧抓住栅栏，祈祷时来运转。

据利夫人自己讲述，她已经这样被海水淹没三次了。"威廉，从今往后，你应该坚持只读《泰晤士报》《拿破仑战役》和吉本的《罗马史》。每当你读别的东西时，你总是想入非非。如果你没有读那个叫什么毕比的人写的《阿克图斯冒险记》，此刻我们肯定是安然无恙地在英国感受家庭温馨。就是因为书里说在海底捕获到了光怪陆离的可怕生物，你就迫不及待地要出来试试运气。简直不可理喻，威廉。"

帕特丽夏说："姑妈，不要指责姑父了。说不准他已经在冷水中有所发现，马上会名扬四海了。"

佩内洛普不屑地"哼"了一声。

那天，没人接近过笼子，连食物和水都没给这些被关押的人送来过。甲板下的动物也命运相似，它们的号叫声比暴风雨还猛烈。一直到第三天下午很晚的时候，两名中国水手才送来了食物。这个时候，被关押的人已经饥肠辘辘，顿时狼吞虎咽起来，也不管那些食物只不过是一堆又冷又湿的饼干。

利夫人彻底陷入沉默。丈夫和侄女忧心忡忡。因为他们知道，佩内洛普·利不再怨天忧人，那她肯定是出问题了。

那天晚上大约九点多钟，狂风突然平息了。平静的海面中孕

英国女孩 | 129

育着不祥。"我们已经进入台风中心了。"珍妮特说道。

泰山说:"很快情况又会变得糟糕。"

珍妮特说:"这些傻子们本来应该赶快远离台风中心,而不是奔着台风进入。"

泰山继续耐心地等待着,就像一头等候在洞穴口的雄狮——等待着猎物出来。他对女孩说:"现在这样也许更好。"

"我不明白,"她答道,"我看不出还有什么比现在更糟的了。"

"等着瞧吧,"泰山说,"我想你很快就会明白了。"

虽然海浪依然很高,但西贡号现在似乎比较适应巨浪了。不久,施密特出现在甲板上,来到笼子前问道:"这帮畜牲怎么样了?"

德格鲁特说:"施密特,如果你继续把这些女人关在这里,她们会死的。你为什么不能放她们出来关进船舱?或者至少也该把她们关到甲板下面去,免得遭受暴风雨的肆虐。"

"如果再听到什么抱怨,"施密特说,"我会把所有的人都扔到船外,连同笼子一起扔出去。你们到底想要什么?你们免费搭乘我的船,享用免费食物,有自己的私人房间。三天来,你们还免费淋浴。"

"但是,老兄,如果她还待在这里,她会死的。"上校说道。

"那就让她死!"施密特说,"我还想给野人和其他动物弄点新鲜肉呢。"说完这些俏皮话,施密特转身来到驾驶舱。

利夫人哭了,上校在心底暗自咒骂。泰山仍在耐心等待。这时,他等候的机会来了:水手奥索卡正在过来检查笼子。他大摇大摆地走到笼子前,感觉自己是个重要人物,可以看管这些英国老爷和太太。

在漆黑的大海中,船上的灯光虽然昏暗,但足以让人看到一定距离的物件。因为泰山习惯夜间看东西的缘故,他一眼就看到奥索卡走上甲板。

泰山站在笼子里,双手紧紧握着两根相连的栅栏杆。奥索卡从他面前经过,离泰山远远的,不让泰山的手可以够到。珍妮特·拉昂站在泰山附近。直觉告诉她,重要的事情一触即发。

她眼盯着泰山,只见他双手紧握着两根栅栏,全身的力量都聚集在他那强健的臂膀上。随即,她看到那两根栅栏杆慢慢向两边张开,人猿泰山走出笼子,他自由了。

Chapter 8
逃出牢笼

那位名字叫奥索卡的印度水手,大摇大摆地从关押着利一家的笼子面前经过。当他背对着那个关押着四个英国人的笼子时,突然,他的喉咙被从身后伸过来的手掌紧紧箍住,一瞬间,枪也被人从套子里掏走。

珍妮特惊奇地看着这一连串似乎轻而易举的行为,那个力大无比的壮汉拆掉了笼子。她看见泰山已经制服了那个水手,缴了他的武器,于是她跟着泰山跑出笼子,手里拿着从施密特和杰布·辛格手中夺过来的手枪。

奥索卡拼命挣扎,试图叫喊,但是他的耳边响起阴冷的声音:"别出声,不然杀了你。"除了屈服他别无选择。

泰山回头看了一眼,看见珍妮特跟在身后。然后他从水手脖子上拽下来一串开笼子的钥匙,交给珍妮特。"跟我来,帮他们打开锁。"说完,他领着珍妮特挨个打开笼子。

泰山轻声说道:"男人跟我来,上校和妇女留在原地等待。"

泰山来到关押利一家的笼子。利夫人由于受了海浪的颠簸,刚才一直昏昏沉沉,此刻正好清醒过来,看见了泰山,失声惊叫起来:"那个野人逃走了!"

"闭嘴!佩内洛普,"上校怒斥道,"他来是准备让我们离开这个鬼笼子的。"

佩内洛普哭喊道:"威廉,你这个忘恩负义的家伙,你怎么敢这么骂我。"

"闭嘴!"泰山也吼了一声,佩内洛普吓得不敢吭声了。

"你可以出来了,"泰山说,"但只能呆在笼子附近等我们回来。"然后他跟着珍妮特来到关押德格鲁特和克劳斯的笼子,等着打开笼子的锁。

"德格鲁特可以出来了,"泰山吩咐道,"克劳斯留在里面。奥索卡,你到这个笼子里去。"他又对珍妮特说:"把他们锁在里面。给我一支手枪,另一支你拿着。如果这两个人胆敢呼喊求救,就打死他们。你觉得你行吗?"

"杰布·辛格是我打死的。"她提醒他说。

泰山点点头,然后转身面对着男人们。他把奥索卡的手枪给了德格鲁特。自从这些人出来后,泰山就对他们有了自己的判断。此刻,他叫珍妮特把第二把枪交给女神号的二副。

"你叫什么名字?"泰山问道。

"迪贝特。"

"你和我一起去。我们要去接管驾驶台。德格鲁特了解这艘船,他和其他人一起寻找船上的武器。同时,顺手抄起点可以打斗的东西。接下来免不了要格斗的。"

虽然船已经越过了风暴的中心,但狂风依然怒吼着。西贡号还在不停地剧烈颠簸摇晃,泰山和迪贝特爬上通向驾驶台的梯子,看见水手查德正把着船舵,施密特站在一旁监视着他们。泰山走进驾驶台时,施密特碰巧转过身来,一眼就看见了泰山,于是伸手就想掏枪,同时大声喊叫求援。泰山一跃而起,闪电般迅速地扑向了施密特,还没等施密特扣动扳机,就一拳打在施密特的手上,子弹打在天花板上。不一会儿工夫,施密特的武器就被泰山缴获了。与此同时,迪贝特也已经制服了查德,缴获了他手中的武器。

"你来掌舵,"泰山喊道,"把另外一把枪给我。注意你的身后。不管谁来夺舵盘都打死他。"随后他对施密特和查德说:"你们两个到下面去,我要把你们关进笼子。"他押着这两个人走下甲板,来到关押着奥索卡和克劳斯的笼子。

他对珍妮特说:"珍妮特,把笼子打开。我又给这个装动物的笼子里添了两个家伙。"

"你这是造反!"施密特气势汹汹地叫喊道,"等我到了柏林,你就等着被砍头吧!"

"滚进去!"泰山猛地推了一把施密特,施密特跟跟跄跄地一头撞在克劳斯身上,两个家伙都倒下了。

暴风雨的怒吼声中,他们听到从甲板下面传来一声枪响。泰山随即朝着枪声的方向赶过去。他走下梯子时,又听到了两声枪响,伴随着男人的咒骂声和痛苦的尖叫声。

当战斗的现场映入眼帘,泰山看见他的人已经被手持武器的水手控制住了,其中一名水手已经受了伤,尖叫声正是他发出的。

但是除了这一伤员之外,双方似乎并无损伤。其中三个水手还在疯狂地盲目扫射。这时,泰山从他们身后冒了出来,双手各举着一把手枪。

"放下武器!"泰山喊道,"不然就打死你们。"

那三个水手几乎同时转过身。他们看到泰山手中的两把枪正瞄准着他们，两名水手随即扔掉了手中的武器，第三名水手试图要开枪射击泰山，但泰山手疾眼快地先声夺人，一枪击中这名水手。只见这个水手抓着自己的胸口，跟跟跄跄地扑倒在地。

处理剩下的人就容易了。德格鲁特在施密特的小木屋里发现了从女神号里带来的手枪、步枪和弹药，他解除了其余人的武装。乌班诺维奇和剩下的水手根本没有抵抗。女神号上的中国船员和其他被强征来的船员，更是从未想过要抵抗。他们很高兴能在这个野人的帮助下得到解脱。

泰山完全控制了轮船后，把他的人都集中到轮船的小舞厅里。佩内洛普仍然视他为野人，一个吃掉了船长和瑞典人的食人族，一个毫无疑问迟早会吃掉他们所有人的食人族。可是，其他的人却对他所展现的勇气、力量和才智赞赏有加，感谢他把他们从危险处境中解救出来。

"博尔顿，"泰山对着女神号的船长说道，"你将指挥这艘船。德格鲁特做你的大副，迪贝特做你的二副。德格鲁特告诉我，西贡号只有两个船舱。上校和利夫人可以去船长的房间，两个女孩子去先前被水手占据的房间。"

"他实际上是在给我们发号施令，"佩内洛普低声对她的丈夫说道，"威廉，你应该做点什么。你才是应该发号施令的人。"

"别傻了，姑妈，"帕特里夏低声打断道，"我们所有的一切都归功于眼前的这个人。他多么伟大啊。你真该亲眼看看他是怎么把笼子的栅栏拆毁的，那些栅栏在他手里就像是用烂泥做的似的。"

"我也是情不自禁啊，"佩内洛普说道，"我不习惯被眼前这位几乎赤身裸体的野人呼来喝去。为什么没有人借给他条裤子穿上啊？"

逃出牢笼 | 135

"好了，好了，佩内洛普，"上校说道，"如果你真的这么想，我就把我的裤子借给他！那我就不穿了嘛！哈哈！"

"威廉，不要那样庸俗不堪。"佩内洛普厉声喝道。

泰山走到驾驶台，向德格鲁特解释了他所作的安排。荷兰人说道："我很高兴你没有让我来指挥船，我没有什么经验。博尔顿应该是个好人。他曾在皇家海军服役。乌班诺维奇怎么样？"

"我已经派人去找他了，"泰山回答说，"他应该马上就到。"

"他和所有人作对，"德格鲁特说，"是个彻头彻尾的激进分子。噢，他来了。"

乌班诺维奇懒洋洋地走了进来，闷闷不乐，满腹狐疑："你们两个在这儿干什么？"他盘问道，"施密特在哪里？"

"如果你不想和我们合作，那就去他现在待的地方。"泰山回答说。

"在哪儿？"乌班诺维奇问道。

"在一个笼子里，和克劳斯还有几名印度水手关在一起，"人猿泰山回答道，"我不知道你是否和反叛有任何关系，乌班诺维奇，但如果你还想继续担任工程师一职，没有人有意见。"

这个脸色阴沉的俄罗斯人点了点头。"好吧，"他说道，"你不可能比那个疯子一样的施密特更糟糕了。"

"博尔顿船长负责指挥，你去向他报到，告诉他你是工程师。还有件事，你知道阿卜杜拉后来怎么样了吗？好几天都没见到他了。"

"他一直在机械室里取暖。"

"让他到驾驶台这里来向我报到。顺便让博尔顿船长派几个人过来。"

他们两人皱紧眉头盯着前方茫茫夜色，看见船虽然还在乘风破浪地缓缓前行，但却摇晃得很厉害。"情况越来越糟了。"德格鲁特说道。

"还能挺个几天吗？"泰山问道。

德格鲁特说："我想还能挺段时间吧。只要船的后半部分还能航行，我就能保持一定的航速达到舵效。"

突然，他们身后传来一声枪响，面前的窗户被击碎了。两个人同时转过身，看到阿卜杜拉·阿布·尼姆站在驾驶台的旋梯顶，手里举着一支手枪，枪管还在冒烟。

Chapter 9
轮船触礁

阿卜杜拉又开了一枪,但由于西贡号过于颠簸,而且他站的位置不佳,没法瞄准目标,他又未能击中泰山。泰山随即扑了过去。

泰山把阿卜杜拉从梯子上拉了下来,两个人都重重地摔在下面的甲板上,阿卜杜拉被泰山压在身下,动弹不得。

博尔顿船长派来的两名水手来到了船顶,正好赶上眼前的一幕,都好奇地看着究竟发生了什么事。他们俩都向前跑去,看看是否有人受伤昏迷,但目前就阿卜杜拉一人昏迷。

泰山跳了起来,阿卜杜拉还躺着。"你们其中一个人到下面去,叫珍妮特·拉昂小姐把铁笼的钥匙给你。"泰山吩咐道,然后抓住阿卜杜拉的胳膊,把他拉回笼子里,和克劳斯和施密特关在一起。笼子门打开了,泰山把他推了进去。无论这个人是死是活,泰山都不在意。

暴风雨愈加猛烈。就在天亮前,轮船被卷入了海浪之中,侧倾了一会儿，仿佛要倾覆了。然后，轮船开始下沉，顷刻之间，末日似乎无法避免。船晃动得很厉害，立刻惊醒了泰山，他快步奔向驾驶舱，与其说他是奔跑，不如说他是攀爬进了驾驶台。作为一个在森林里长大、整天与猿猴为伍的人，在树丛之间攀爬穿梭对他来说不过是家常便饭。轮船的颠簸他根本不放在眼里。

泰山发现两个水手紧紧地抱在驾驶盘上，船长则紧抱住驾驶盘的支柱。

泰山问："发生什么事情了？"

"船舵被海水卷走了，"博尔顿说道，"如果我们给船系上海锚，或许我们还能得救。但这在海上是不可能的。船倾斜的速度太快了，你怎么还能好端端地站在那里？"

泰山说："我爬过来的。"

博尔顿嘟囔了一声："太不可思议了。"随后又说道："我觉得下沉速度有所减缓了。如果能保持这个速度，我们也许还能挺过去。但是最终我们还是会动弹不得的。据我所知，那个家伙，施密特把无线电毁坏了。"

西贡号似乎要证明自己的无与伦比。即使整个船身都已经垂直竖起来了，它还是没有沉入海底，还在继续往前驶动。"上帝啊！"有个水手哭喊起来，"它要翻了。"

但西贡号并没有翻沉下去，而是又翻转回来，但是又没有完全翻正。这时，一阵狂风吹来，恰到好处地让船正了过来。最终，风暴渐渐平息。

黎明来临之际，船长说："你听，听到什么了吗？"

"听到了，"泰山说，"我已经注意这个声音很久了。"

博尔顿问道："你知道这是什么声音吗？"

"我知道。"人猿回答道。

轮船触礁 | 139

博尔顿说："船触到暗礁了。我们彻底没戏了。"

不过，黎明终于懒洋洋地来临了。此前，黎明仿佛被邪恶的精灵控制住了。这只精灵似乎也一直操控着这艘倒霉的西贡号的命运。这时，驾驶台里的人在海面背风处看见了一座火山岛。岛上山峰叠嶂，树木葱茏，云遮雾绕。在海水与海岸之间有一片四分之一英里宽的珊瑚礁。西贡号正在漂向这片珊瑚礁。

"珊瑚礁靠右这边有一个口子，"博尔顿说，"我觉得我们现在可以把救生船和救生筏放下去，让大部分人上岸。"

"你是船长，你做主。"泰山说道。

博尔顿命令所有的船员到甲板上，分派大家去取救生艇。但是，一些水手抓住了第一艘救生艇就想往下放。德格鲁特拔出手枪冲了过去，试图阻止他们。但是他已经太晚了，因为他们已经放了下来。他的第一反应就是向他们开枪来杀一儆百，但他并没有这么做，而是转过身，拦住其他水手。这些水手正准备抓住第二艘救生艇。博尔顿和迪贝特也拔出枪，站到德格鲁特身旁，水手们被迫退了回去。

"谁不遵守命令，格杀勿论，"博尔顿命令完后继续说道，"现在，在放下第二艘救生艇前，我们倒要看看第一艘救生艇的进展。"

西贡号无助地漂向珊瑚礁。船上的乘客和船员们都上了甲板，靠在船沿上观看。下面救生艇里的水手拼命地与海浪搏斗，竭尽全力想划向珊瑚礁那块开口处。

"如果他们最终进入了珊瑚礁，他们就有救了。"克劳奇博士说。

"西贡号离珊瑚礁越近，对后面放下的救生艇来说情况就越严峻。"上校说。

阿尔吉侬说："那些无赖肯定不会成功的。真是活该！"

"我相信他们会成功的，"帕特丽夏说，"你认为呢，泰山？"

"我很怀疑,"人猿回答道,"他们每个人都划船,而且没有乘客,如果这样都不能成功,那么其他救生艇就很难有机会成功。"

"但这难道不值得一试吗?如果西贡号触上那个珊瑚礁,我们就都完了。但是,如果在救生艇上,我们至少还有一搏的机会。"

"风力和海浪都在减弱,"泰山说,"珊瑚礁里面有一片平静的水面,如果西贡号触到珊瑚礁时不会马上碎裂,我觉得在西贡号上会更加安全。因为救生艇一旦触碰到珊瑚礁,就会立即破裂并且下沉。"

"我想你说得有道理,"博尔顿说,"但在这样的紧急情况下,我们所有人的生命都危在旦夕,我只能为自己说话,我将留在船上。但是,如果有足够的人一起下到救生艇里去划桨,而且都划得很好,我也希望坐第四艘救生艇下去。"他环顾四周,但是每个人的眼神都盯着划向珊瑚礁的救生艇,似乎没有人敢冒险待在西贡号上。

迪贝特说:"他们那样行不通。"

克劳奇博士也说:"这样撑不了多久。"

"看哪!"珍妮特·拉昂突然尖叫起来:"快看!那帮家伙笔直冲进珊瑚礁了。"

"这些无赖比我想象的要聪明啊,"上校愤愤不平地吼道,"他们看出他们难以划进珊瑚礁里,现在他们准备尝试借助海浪的力量越过礁石。"

博尔顿说:"幸运的话,他们可能会成功。"

"他们需要天大的运气。"克劳奇说。

"他们冲上去了,"阿尔吉侬叫喊道,"看那帮无赖划的。"

迪贝特说:"他们利用海浪恰到好处。他们正快速划入水滩。"

"他们进去了。"珍妮特叫喊道。

借助一股巨大的海浪,救生艇正在冲向珊瑚礁,水手们紧紧抓住船身，想尽量保持自己的位置。"他们完了！"帕特丽夏喊道。但事实上他们并没完。救生艇船头撞在一块凸出的珊瑚上，浪花打翻了救生艇，将水手卷入礁湖。

克劳奇说："好吧，船没过去人倒是过去了。"

珍妮特说："但愿他们都会游泳。"

"他们最好不会游泳。"上校低声吼道。

他们看着那些人在水里扑腾了一会儿，然后就开始向岸上游去。珍妮特尖叫起来："哎呀，他们站起来了，他们可以走了！"

博尔顿船长说："这没什么好奇怪的。许多礁湖的水都很浅。"

海风已经平息，海面也迅速平静下来。西贡号还在慢慢地向珊瑚礁漂去，用不了多久，它就会触礁。西贡号装备很差，只有几个救生圈，三个给了妇女，其余的给了那些声称自己不会游泳的船员。

"船长，您认为我们胜算如何？"

"如果我们搁浅在礁石上，即使就搁几分钟，我们都可能还有机会，"博尔顿回答道，"但如果它一头撞过去，那它就会在珊瑚礁的海面这一边沉入海底。我想，你和我的心思是一样的。我要把这些救生筏卸下来，把救生艇也搁下甲板，随时待命。尽量多弄些能浮起来的东西，好歹也能让人浮在水面。"他命令船员们去实施了。

大家正在忙碌的时候，船中央突然传来一声叫喊。"嗨，德格鲁特！"克劳斯大喊，"你要把我们留在这儿，像老鼠掉进陷阱一样被淹死吗？"

德格鲁特试探地看了看泰山，人猿转身对珍妮特说道："把笼子的钥匙给我。"拿到钥匙后，便走到关押克劳斯和其他人的笼子前。"我准备放你出来，"他说，"但你做事要规矩点。我有足够的理由杀死你们中的任何一个人。我不想再有更多的借口。"

阿卜杜拉一脸病容，其他三个白人也都阴沉着脸。大家愁眉苦脸地走出笼子。

他们刚接近船沿，就听到博尔顿喊道："快站到救生筏旁边去。船马上就要撞上礁石了！"

Chapter 10

惊险逃生

站在船上的那群人紧张万分地看着一阵汹涌的海浪扑来,将西贡号高高托起后冲上礁石。

巨大的海浪裹挟着轮船,狠狠地砸在参差不齐的珊瑚礁上,船体发出"吱嘎吱嘎"的声响,就像敲响了轮船的丧钟。随后,退去的浪潮卷着摇摇晃晃的西贡号漂离礁石,漂向深海。在那个紧张的时刻,大家的心都悬到嗓子眼了。如果轮船滑回大海,必定有许多人丧命。然而毫无疑问,船正在滑向深海。

"珀西,"利夫人对上校说——每当她心虚的时候,她总是称呼他为珀西,"以前时不时地给你难堪,如今我们都要去见上帝了,我希望你能原谅我。"

"哎呀呀,"上校嘟囔道,"都是我的错,我真不该读毕比的探险故事。"

西贡号正向深海滑去时,一阵比前一次更为汹涌的巨浪卷来,再次掀起轮船,将它重重地砸向礁石。这一次,它坚定地停住了,海浪退去,留下轮船搁浅在礁石上。

"我说,"阿尔吉侬说,"这可能是个好事,你们觉得呢?像不像诺亚方舟,装满了野生动物的木盆,孤零零地停泊在阿勒山的山顶。"

船上的人正手忙脚乱地把皮筏艇和救生筏搬出轮船,一波并不那么汹涌的海浪拍打过来,接着又是一波海浪淹没轮船,可是西贡号却已经纹丝不动了。

皮筏艇和木筏用缆绳拴在轮船上,并没有被海浪冲走,但现在问题又出来了,怎样才能把女人们弄进皮筏艇和救生筏呢?礁滩很窄,西贡号离岸边只有几英尺。一个体格健壮的运动员可以从船栏杆处跳过珊瑚礁,直接上岸。但佩内洛普不是运动员,她如何下船才是真正的问题。

她从轮船栏杆向下看,海水不停地拍打着船身,冲刷着礁石。"威廉,我永远也过不到那边去了,"她说,"你走吧。别管我,也许我们会在一个更幸福的世界里相遇。"

"别胡说八道,"上校喊道,"我们会设法把你弄下船的。"

"我先过去,"泰山说,"你把她从船上的吊艇柱往下放,我会接住她,把她安全地送到救生筏上。"

"千万别这样。"利夫人声嘶力竭地喊道。

泰山转向博尔顿船长。"我希望你马上把她放下来,"他说,"不要再七嘴八舌地废话了。我现在就准备下去,看看礁滩里的水有多深。那些不会游泳的人可以跳进去,我会帮助他们爬上救生艇或者救生筏。"他爬上栏杆,在那儿停了一会儿,然后跳了出去,沉入礁湖。

所有人都靠在栏杆上往下看。他们看到他在水里划拉了一下,

惊险逃生 | 145

然后转过身消失在水面下。不一会儿，他冒出水面，抬头说道："这里的水很深。"

帕特丽夏卸下了她的救生圈，爬上栏杆，随即跳入水中。她冒出水面时，泰山已经在她身边。"我都不需要问你能不能游泳了。"

她微微一笑，说道："我留在这里，给你搭把手，一起帮助他们。"珍妮特接着跳。她没有沉入水中，只是浸在水里。

她还没有露出头来，泰山已经抓住了她。泰山一边用手扶着她，一边问道："你会游泳吗？"

她回答道："我不会。"

"你真是个勇敢的女孩。"他扶着她游向救生艇，并帮她爬进救生艇。

这个时候，有人从水手长办公室拿来一把椅子，用绳索把椅子吊在船沿，让佩内洛普坐上去后再一点点放下去，等她刚一接触到水面，等在那里的泰山就接住了她。

"小伙子，"她厉声说道，"如果我出了什么事，那就是你的错。"

"别说话，"泰山说，"离开那把椅子。"

佩内洛普·利的一生中，很可能从未有人敢这么生硬地跟她说话。泰山的口气不仅吓了她一跳，而且也成功震慑住了她。她只好乖乖地离开椅子，奔向泰山的怀里。泰山扶着她游到一只救生筏边，帮她爬了上去，毕竟比起救生艇，上救生筏要容易得多。

泰山又游回到轮船边。水手的那把椅子还在船边晃悠。他抓住它，沿绳索攀爬上了甲板。可是大家却一个接一个地从船的栏杆边跳下去或者翻过去，泰山拦都拦不住。

"我需要十到十五名志愿者一起来做点比较危险的事。这些人都需要拥有美国人所谓的'胆量'。"

"你想干什么？"博尔顿问。

"既然大家都安全地上岸了。我也打算放这些动物一条生路，"人猿说，"把它们也放下水。"

"但是，伙计，"上校叫道，"这其中许多都是危险的会吃人的动物。"

"它们爱惜生命，就像我们爱惜生命一样，"泰山回答道，"我不能让它们饿死在这里。"

上校说："对的，对的。但为何不杀掉它们？这也是比较人性的方式。"

泰山说："我刚才可没建议杀掉你妻子和你的朋友们。同样，谁也不能毁掉我的朋友们。"

上校失声惊叫起来："你的朋友们？"

丛林之王说道："对，它们是我的朋友。或者说得准确些，它们是我的种族。我在它们之中出生、成长。在我长大成人之前，我从未见过一个人类，二十岁之前，我甚至从未见过一个白人。你们之中有人自愿帮我救救它们吗？"

上校说："天哪！这一定是个非常刺激的事情。小伙子，让我来帮你！"

德格鲁特、博尔顿、迪贝特、克劳奇，还有女神号船上的几个船员和几个中国人都自愿参与帮助。那三个克劳斯雇来照看动物的印度人也加入了队伍。

那些不愿留下帮忙的人离开船后，泰山释放了猩猩。他用彼此都懂的语言与它们交流，猩猩们就像受了惊吓的孩子，紧紧依偎在他身旁。然后他领着大家来到关动物的那层甲板，打开那扇巨大的双开门——里面关着体形稍大的动物。

他先放出三头印度大象，因为它们不仅性情温顺，而且都训练有素。他让一位印度象夫骑上其中最温顺的一头大象，告诉他

惊险逃生 | 147

一旦海浪冲上礁湖，他就骑着它跳进去。不过，让大象跳下去还是颇费了一番周折。一旦它跳下并开始游泳，其他两头大象跳下去就容易多了。随后，非洲大象被放了出来。这些都是未经驯化的野兽，更为危险，操作起来也更加困难。但是，当象群中的头象看到印度大象已经在水里游泳，它也笨手笨脚地跳入礁湖，其他大象也效法而行。

接下来，他们把狮子和老虎的笼子一个个地拖到门口，笼子门打开来，一直倾斜着，直到野兽都从笼子里跳进礁湖。其他小动物也用同样的方式从笼子里放下船去。

这是一项漫长而艰苦的工作，但终于结束了，最后只剩下了蛇。

"你打算怎么处理它们？"博尔顿问。

"蛇一直是我的敌人，"泰山回答说，"我要杀掉它们。"

他们站在船的门口，看着野兽爬到岸边。这时，按照博尔顿的命令，那些空的救生艇和救生筏都已经回到轮船旁。

一个狭窄的海滩沿着海岸伸展，海岸上方，茂密的丛林逐渐绵延至已经树木葱郁的火山脚下。放眼望去，荒蛮苍凉，景象幽深。

所有从船上下来的生物都聚集在一起。不过那些野生动物，有的还在水里游动，有的已经上岸。凡是上了岸的，旋即疾速奔向丛林。大象转身大声嘶鸣，狮子也放声咆哮，也不知它们是彼此示威还是相互致谢。何必在意呢？丛林拥抱了它们，为它们的生活展现了一个陌生的新世界。

大多数水手已经带着木筏和小船回到船上，剩下的时间都用来把船上的货物运到海滩上。

他们忙碌了两天，把船上所有可能给他们带来舒适和方便的东西都拆卸下来。一半的人在船上忙活，另一半人则在丛林里开辟了一块空地，搭建了一个适宜长期居住的营地。他们之所以选择这里开辟空地，是因为附近有一条淡水小溪流涓涓流过。

第三天下午，当一切事情都快完成时，一群由十来个人组成的团伙围聚在海滩南面的一处悬崖顶上俯瞰营地。他们看到，在那片青翠掩映的空地上，许多年来第一次有陌生人闯进了他们的领地。

Chapter 11
流落荒岛

那些暗中观察西贡号的男人们是战士。他们身上穿着束腰紧身裙，末端从背后垂下来，用彩色的线或羽毛镶嵌细作装饰。他们肩上披着一件方披风，穿着兽皮做的凉鞋。他们的头上装饰着羽毛头饰，其中一个人戴着羽毛镶嵌画，他的衣饰是玉的，腰带和鞋上镶嵌着玉和金，他的臂环和脚环也是如此。他的鼻子上带有雕刻的装饰品，他的嘴唇和耳塞也是玉制的。这个人的一切装饰都比他的同伴们华丽得多，以彰显出夏特·丁的贵族身份。

所有男人的棕色面孔上都有文身，但夏特·丁脸上的文身是他们之中最为复杂的。他们带着弓箭，每人带着两个箭袋，还拿着矛和弹弓来扔石头。除了这些武器之外，每一个勇士都有一柄由硬木制成的长剑，剑刃由黑曜石磨片组成。为了保护自己，他们带着用动物皮覆盖的木质盾牌。他们看了这群陌生人一阵子，然后消失在他们身后的丛林里。

船上的航海图和仪器都被带上岸来了。中午的时候,博尔顿船长想要确认他们目前所在的位置,但当他查看了航海图后发现方圆几百英里内都没有土地。

"我的计算肯定出了什么问题。"他对德格鲁特说。所以他们算了又算,但结果总是一样——他们在南太平洋的某个地方,离陆地几百英里远。

博尔顿说:"世界上不可能还有未被发现或者未被标明的岛屿。"

德格鲁特也同意他所说的,"我本来也这么觉得,但是直到现在为止,你的计算都绝无问题,所以我们现在应该在一座未知的岛屿上。"

博尔顿说:"被经过的船搭救的可能性,就如同我们登上月球一样小。如果从达伽马时代就没有船来过这里,那我们可以放心地假设,有生之年,没有船会在这里停靠。"

"如果四百年来都没有船来过这里,"德格鲁特说,"那我们的运气还算不错,总得有第一次吧;这个岛一直没被发现,现在也差不多是时候该被发现了。"

"你的意思是目前的情况反而对我们有利,"博尔顿笑着说,"好吧,我希望你是对的。"

泰山同其他一行人一起工作,为上校和他的妻子以及两个女孩搭建了舒适的庇护所。

随后,泰山召集了所有人,对众人说:"我把你们召集在一起,是要宣布我们将分成两个营地。我不会让阿卜杜拉、克劳斯、施密特、乌班诺维奇还有那些水手们呆在这里。他们让我们陷入困境,也正因为他们,我们才会流落到一个未知的岛屿上,根据博尔顿船长的说法,我们可能要在此度过余生。如果我们允许他们留在我们的营地,他们或许还会惹出乱子,我知道他们是什么样的人。"然

流落荒岛 | **151**

后他转向克劳斯说："你带着你的人往北走，至少两队人，你们谁也不要走到方圆十英里之内。谁敢来这里，我就杀了谁。就是这些了，你们走吧。"

"我们会走的，"乌班诺维奇说，"但我们会带走属于我们的那份补给、枪支和弹药。"

泰山说："你只能带走你的命，别的想都别想。"

上校问："你的意思是让他们不带任何食物和武器进入一片陌生的丛林？"

"这正是我的意思，"泰山说，"他们已经很幸运了，还没有更糟的事情发生。"

"你不可以这样对我们，"乌班诺维奇喊道，"你不能让肮脏的资本主义者压迫穷苦的劳动人民。我知道你是什么人，一个阿谀奉承的马屁精，一个希望讨好权贵的烂人。"

阿尔吉侬嘲弄道："天哪！快看这个家伙正在演讲呢。"

帕特丽夏说："好像身处海德公园呢。"

乌班诺维奇失控地尖叫："没错！聪明的资产阶级在嘲笑诚实的劳动人民。"

泰山低吼："快走！"

阿卜杜拉推了推乌班诺维奇，让他快点离开这儿："你最好快走，我了解那个家伙。他就是个魔鬼，他宁愿杀了我们。"

那拨人朝北走去，他们拖着乌班诺维奇随他们一起，但他转身喊道："我会走的，不过我会回来的，这些为你工作的可怜的奴隶会意识到他们才是主人，而不是你！"

利夫人愉悦地说："我很高兴他们走了，至少这一点挺好的。"她意味深长地看了泰山一眼。

大量椰子树和香蕉生长在营地周围的丛林里，还有面包果和可食用的块茎及一些木瓜树，湖里有鱼类可供他们食用，所以他们挨饿的可能性很小，但是泰山渴望的却是新鲜的生肉。

营地完成后，他便开始制作他最喜欢使用的追击武器，为自己打造弓和箭。在船里，他找到了一把合适的刀和一根绳子，把一把鱼叉改造成了一支矛。他知道岛上还有自由活动的大型食肉动物。然后，一天早上，营地的人还没醒，泰山就离开了。他顺着小溪跑到了青翠的山里，为了避开丛林中的灌木，他在树上腾挪前行。

我说泰山是在其他人还没醒的时候离开营地，起码泰山是这样想的，但现在他意识到他被跟踪了，回头一看，看见两头猩猩跟在他身后，也在树上腾挪前行。

等他们靠近，他用猩猩的语言对他们说："泰山在打猎，不要发出声音。"

其中一头重复着泰山说的话："泰山在打猎，不要发出声音。"于是，他们悄悄地在树间穿行。

泰山来到了大象正在吃嫩芽的山坡下，与它们沟通。象群发出"隆隆"声表示友好。它们并不害怕，也没有走开。泰山觉得他能从它们身上学会如何表示友好，于是他慢慢接近一头非洲大象，用与丹托交流的语言同它进行交谈。

这其实不是一门真正的语言，我不知道用什么名字来称呼它，但这是泰山自儿时起和同伴玩耍时所用的语言，可以传达他的感情。

"丹托。"他说，把手放在大象的肩膀上。巨象来回地摆动鼻子，轻轻触摸猿人，对他充满了好奇与困惑。随后，泰山便肆无忌惮地在大象面前走动，时不时把手放在它的身体上。大象的鼻子在慢慢晃动，泰山轻声说："来吧！丹托！来吧！"随后，象鼻卷起他的身体，把他举到空中。

泰山对大象说："低头，丹托，让我爬上去！"随即，大象低下

流落荒岛 | 153

头，让泰山骑到他头上。

泰山抓住大象的两只耳朵，随后说："出发！"

其他的大象继续在觅食，不再注意泰山的举动，而猩猩们坐在附近的一棵树上，因为他们害怕丹托。

此时，泰山觉得他可以做一个实验，他从象背上跳到附近的树上，走了一段距离就没入了丛林中。然后他再把大象叫了回来："啊，丹托，到我身边来。"

从森林和灌木丛外，传来了大象发出的"隆隆"的应答声。泰山听到枝杈被重物踩断的声音，随即大象出现在他的面前。

泰山说："出发，丹托。"他穿过树木来到猩猩们的树上，他们看上去不怎么喜欢大象在附近徘徊。

陡峭的山出现在他们面前，有很多地方是只有泰山和他的猿猴朋友们才可以去的。最后，他们来到朝南的暗礁上，泰山就是从那里的瀑布底下出发的。瀑布从悬崖垂下，悬崖陡峭且湿滑，只怕除了苍蝇和蜥蜴其他任何动物都没法经过。

他们沿着山边的岩石走出来，来到一片森林茂密的大空地上。它看起来就像泰山的狩猎场，他随即又回到树上。

微风吹过，他闻到了熟悉的味道，是野猪。闻到肉的味道，泰山立即变成了追击猎物的野兽。

他还没走多远，敏感的鼻孔里又飘进另外两种气味，一种是狮子，其中还混合着人的气味。

这两种气味交融在一起只能是出于以下原因：要么是人在狩猎狮子，要么是狮子在狩猎人。不过因为泰山只闻到了一个人的气味，他认定是狮子在狩猎人，于是他向着气味来源的方向在树上移动前行。

Chapter 12
泰山狩猎

陈泰从未把狮子列入他狩猎的范围，他也不可能捕获一头雄狮，毕竟在他的人生里，狮子这物种他见都没有见过，他的祖先们从未记录过这个物种。很久以前，查克·图图尔·西乌的人还未迁移到这座岛上，陈泰的族人就已经知道美洲虎的存在，这些记忆随着他们跋山涉水到另一座岛屿时利用兴建的寺庙和石头柱保存了下来。陈泰来自一座叫奇琴伊察的城市，那时，查克·图图尔·西乌早已发现这座岛，并命名它为乌斯马尔，那是他出生的城市。

陈泰正在狩猎野猪，野猪如果被激怒，也可能会像狮子一样可怕。不过，到目前为止，他还没有那种运气。

他走进森林里，来到了一小块空地上。此刻，他的注意力被一种不祥的咆哮声吸引到了对面，他抬头看过去，发现这是他所见过的最可怕的野兽。

一头巨狮慢慢地溜进了空地，而陈泰转身逃跑了。雷鸣般的轰鸣声使他陷入了恐惧之中，他在熟悉的森林迷宫中奔跑着，饥饿的狮子在身后紧紧追赶着它的猎物。这是一场实力悬殊的赛跑，即使他不跌倒，也全无希望。但当他跌倒时，他知道一切都完了。他转过身来面对这可怕的、未知的生物。但是他没有起身，仍然坐在地上，紧握长矛，等待着对方发起攻击。

这时狮子从丛林小径出现了，它那双黄绿色的眼睛瞪得溜圆。对于陈泰来说，狮子的眼睛似乎燃烧着愤怒的火焰，这头野兽露出黄色尖牙咆哮着，陈泰又陷入了恐惧之中。狮子没有发起进攻，只是朝它的猎物慢慢踱过来，这里只有一个不值一提的小东西，并不是值得百兽之王重视的敌手。

眼看自己面临死亡危险，陈泰开始向着各种不知名的神祇祷告。随后，仿佛是祷告应验一般，神奇的事情发生了。一个全身赤裸的人，对陈泰来说就是一个巨人，从野兽背后的无名小径上方的树上冲下来，骑在那头凶猛野兽的背上，强壮有力的手臂绕着野兽的脖子，强劲的腿绕着它的身体。狮子后腿直立起来，发出可怕的吼声，并试图用利牙或爪子去触碰它的背部。它跃入空中，扭动着，转动着。随后，它被扑倒在地上，翻来覆去地拼命想要挣脱。但巨人一声不吭地紧紧抓住它不撒手，长刀一次次刺在狮子的身上，直到狮子躺在地上一动不动，发出最后一声雷鸣般的吼叫，便停止了呼吸。

陈泰目睹了这场令人感到惊奇的战斗，充满了恐惧和希望，半信半疑中觉得这确实是神来拯救他了，但他几乎和害怕野兽一样害怕面前这尊神。

眼前的狮子倒在血泊之中，陈泰终于看见这个人，或者说是神，总之，不管是人是神，他站了起来，一只脚踏在狮子尸身上，

泰山狩猎 | 157

随后仰天长啸，啸声令陈泰毛骨悚然，于是他害怕地用手捂住了耳朵。

这是自乌斯马尔岛从海底升起以来，第一次听到一个猿人狩猎成功后发出胜利的吼叫声。

Chapter 13

"森林之神"

陈泰知道世间有很多神，他试着把泰山归类。他知道这些神都是强大的人，有从前的首领，年老的尊者等等。这里有乌兹·乎克——山谷之神，柴——森林之神，以及地球上的众神。当然，还包括天神伊特萨姆纳——第一位神华娜库的儿子，还有魂浩——冥界之神，那里冰冷潮湿，只有邪恶的人死后才会去那里。此外，还有战争之神阿朱卡克，经常被四位首领卷入各种纷争之中。

也许眼前的这位巨人正是森林之神。因此，他这样称呼他，并礼貌地向他表示感谢，感谢他把自己从野兽那里解救出来。然而，当柴回答他时，却用了一种他从未听过的语言，他认为这可能是神的语言。

泰山看着这个奇怪的棕色小矮人，说着一种他听不懂的奇妙话。然后他说："达克—赞。"在大猩猩的语言中，意思是"肉"，但是陈泰只是摇了摇头，并为自己的愚蠢道歉。

泰山看到这样子说不明白，便从箭袋里抽出一支箭，用箭尖在小径的土里画了一头野猪。然后他把箭搭在弓上，从左肩后方把箭射进了画出来的野猪。

陈泰咧嘴一笑，兴奋地点点头，然后示意泰山跟着他。当他沿着小路往回走的时候，偶然抬起头，看到两头猩猩坐在他头顶上方，俯视着他。这对于陈泰的简单头脑来说太难理解了。先是奇怪而可怕的野兽，然后是神，现在是这两个丑陋的生物。他颤抖着，把一支箭搭在弓上，但当他瞄准时，泰山从他手中夺走了武器，并召唤红毛猩猩，他们从树上跳下来站在他身边。

现在陈泰确信这些生物都是神，自己与三个神交往，这让他很是得意。他想赶快回到奇琴伊察，告诉所有人今天发生的奇迹，但他突然想到没有人会相信他，何况祭司可能会生气。他又想起来，为了远没有这么严重的原因，也有人被寺庙选为祭祀仪式的贡品。

他想一定有什么办法让大家相信他。他一边带着泰山穿过丛林寻找野猪，一边想了又想。最后，他终于想出了一个妙计：他准备带着这三位神灵回到族里，让所有的人都能亲眼看到他说的是真话。

泰山一直以为陈泰是在带着他寻找野猪，当他们来到丛林的边缘时，他看到了一座令人惊叹的城市，他感到非常惊讶，就如同陈泰以为泰山和两头猩猩是神灵一样惊讶。泰山站在山丘上俯瞰眼前的城市。这座城市的中心部分是建在山顶上的，上面矗立着一座金字塔，那似乎是一座庙宇。金字塔是由熔岩块组成的，包括通往峰顶的陡峭台阶。金字塔周围是其他建筑物，建筑物的地基泰山看不到。城市的中心部分围着一堵墙，墙上开有几扇门。墙外是不结实的茅草房屋，毫无疑问，是城里贫穷居民的住处。

"这里是奇琴伊察。"陈泰指着眼前这座小城对泰山说，并示意泰山跟上。

泰山体内有着野兽与生俱来的疑虑，他犹豫了一下。他不喜欢城市，总是对陌生人起疑心，但现在好奇心战胜了他的判断力，他跟着陈泰向城市走去。他们经过了在玉米地以及豆类田间劳作的男男女女，繁盛的农作物说明了查克·图图尔·西乌的洞察力，四百年前他很有远见地将种子和鳞茎从尤卡坦带到这里。

田间的男人和女人们对陈泰的同伴充满惊奇，他向众人宣布泰山是森林之神，以及身边两头猩猩是地球之神时，他们更为惊叹。

然而，到这时，两位地球之神已经受不了了。他们想要返回森林，陈泰用恳求的声调召唤他们，但没有用。不一会儿，他目送着他们消失在森林之中。

这时，守卫着大门的士兵已经对他们很感兴趣了，但是并不激动。他们叫来了一名军官，陈泰和他的同伴到达大门口时，军官正在等着他们。军官是夏特·丁，正是他指挥的一队士兵在海滩上发现了那些流落荒岛的人。

他问泰山："你是谁？是谁带你来这里的？"

泰山身边的陈泰说："我是猎人陈泰，这位是森林之神，就是他把我从一头巨兽嘴中救了出来。走掉的两位是地球之神。肯定是奇琴伊察的人冒犯了他们，否则他们也会进来的。"

夏特·丁从未见过神，但他意识到，这个几乎赤身裸体的陌生人很有些特别，他比他和他的同伴们高出那么多，夏特·丁和其他玛雅人一样个子很矮，和他们相比，泰山看上去的确像一尊神。然而，夏特·丁并不完全相信，他在海滩上见过那些陌生人，猜想泰山可能是其中之一。

夏特·丁质问泰山："你是谁，你到底怎么来到这里的？如果你说你是神，那你拿出证据啊，如果你能证明你就是森林之神，希·寇·西乌，我们的国王，以及察伊西乌，我们的大祭司，都会欢迎您的到来。"

陈泰插嘴道："森林之神听不懂我们的语言，他只能听懂神的语言。"

夏特·丁答道："神能听得懂所有语言。"

"我应该说，他不会自降身份来说我们的语言，"陈泰换了一种说法，"毫无疑问，他理解我们所说的一切，但神不会说凡人的语言。"

"你不过是一个猎人，知道的倒不少。"夏特·丁傲慢地说道。

陈泰同样傲慢："那些神愿意交朋友的人当然是很聪明的。"

一路过来陈泰感到自己越来越重要。他以前从来没有跟一个贵族有过这么长时间的谈话，事实上，除了"是的，尊敬的阁下"或"不是，尊敬的阁下"，他没有跟贵族有过其他对话。最后，陈泰的自信和泰山那令人印象深刻的外表还是起了作用，夏特·丁允许他们进入了城市，并亲自陪同他们前往庙宇，也是国王宫殿的一部分。

那里有众多战士、祭司和贵族，身上各种羽毛和玉制装饰品华丽闪耀。夏特·丁对一位贵族同时也是祭司重复了陈泰告诉他的故事。

泰山发现自己被士兵包围，疑心大发，怀疑自己进入这座城市是错误的，很可能是一个陷阱，且难以逃脱。

其中一位贵族去通报了大祭司察伊西乌，称一位自称是森林之神的人正在庙宇里等候觐见他。

像大多数的祭司一样，察伊西乌对神的存在持怀疑态度。神灵的传说只适用于普通民众，但对于他们这种上等人，根本不需要神灵的庇护。事实上，他认为自己就是众神的化身，在奇琴伊察享有的无上权力让他更加确信这一点。

他对通报信息的贵族说:"去把猎人和他的同伴一起带过来。"

很快,泰山大步流星来到了奇琴伊察的大祭司察伊西乌面前,与他同行的有猎人陈泰,贵族夏特·丁,几名随从,数十位士兵,以及一些地位较低的祭司。

察伊西乌一看到这位陌生人就被深深地打动,保险起见,他对泰山非常恭敬。但是当夏特·丁告诉他,这位神不会说人类的语言时,察伊西乌起了疑心。

"你说在海滩上看到了一群陌生人,"他对夏特·丁说,"这个人该不会也是他们中的一员吧?"

"有可能是,圣明的祭司。"贵族答道。

"如果这位是神,"察伊西乌说,"那么其他人也都是神。但你告诉我他们的船只失事了,他们流落到岸上。"

"没错,圣明的祭司。"贵族答道。

"那么他们只是凡人,"察伊西乌说,"因为神能够控制风浪,如果他们是神灵,他们的船不会失事。"

夏特·丁深表赞同:"您说得对,最圣明的祭司。"

"那么这个人不是神,"察伊西乌总结道,"但他可以是神最好的祭品,把他带走。"

Chapter 14
勇救祭品

对于情势如此反转,陈泰万分震惊,也顾不得自己只是一个穷苦的猎人,大声哭喊着向大祭司察伊西乌发出抗议:"但是,圣明的祭司,要是您看到他做的事情就好了。他跳到那头马上就要吃掉我的巨兽背上,把它给杀掉了,这只有神才能做到。如果您亲眼看到这一切,见到陪同他的两位地球之神,您肯定会相信他就是森林之神。"

察伊西乌用可怕的语气质问道:"你又是谁?"

陈泰吓坏了,虚弱地回答道:"我是陈泰,一名猎人。"

察伊西乌警告他说:"那就专心做你的猎人,否则你也会成为祭品。赶紧走。"随后,陈泰就像一条夹着尾巴的狗,赶紧走了。

士兵的手刚刚碰到泰山,情况又发生了变化。泰山没有听懂察伊西乌的话,但是从语调和神态判断出情况不妙,再看到陈泰偷偷溜走,又对自己的判断半信半疑,随后士兵靠近试图抓住他。

接见是在柱廊上进行的,一被带到祭司面前,泰山已经用敏锐的眼睛扫视了整个环境。他看到成排的柱子后面是花园,柱廊后面有低矮建筑群。他不知道这些建筑后面是什么,但是知道城墙距此不远。城墙和田野外面就是森林。

他甩掉了士兵紧抓着他的手,跳到大祭司坐的台子上,把他狠狠推到一边,跳到旁边的花园里,跑过柱廊,最终爬到外面建筑的墙上。

士兵们在柱廊上一边诅咒着,一边用弓箭和掷石器追击泰山。但只有咒语传到了泰山那里,却是无害的。

他穿过大楼的屋顶,跳到了外面的一条街道上。街上有人,被这位古铜色巨人搡到一边,他们恐惧地看着,纷纷后退,直到泰山跳上城墙。这条街的尽头有一座城门,但泰山不是从这个门进来的,驻扎这里的士兵对他一无所知,泰山对他们来说只是一个几乎赤裸的陌生人,且很明显是异族人,不应该出现在奇琴伊察城里,所以他们试图拦住泰山并逮捕他。泰山抓住其中一个,握住他的脚踝,把他当作武器逼退了其他士兵,然后出了城门。

泰山终于自由了,他从未怀疑自己能够重获自由,他看不起这些装备原始的小人。他们怎么能指望抓住泰山这位丛林之王呢?就在这时,一块从掷石器投出的石头击中他的后脑勺,他面朝地倒下了,不省人事。

泰山苏醒过来时发现自己在一个房间的木制笼子里,室内昏暗,只有一个窗户透进光线。房间的墙壁装饰得很漂亮,还嵌着熔岩块。窗户离天花板很近,大约有两平方英尺宽;沉重的木门紧紧封闭着,泰山猜想是从外面拴上的。他不知道等候他的将是什么命运,但他猜想应该会很不愉快,因为察伊西乌脸上的表情实在是非常残酷,其他祭司和贵族的脸也如出一辙。

勇救祭品 | 165

泰山试了试木笼子的栅栏，笑了。他知道只要他愿意他就可以出去，但是出房间就没那么容易了。窗户是足够大，他出得去，但是上面有两道石头栅栏，况且门看起来很坚固的样子。

笼子的后壁大约离房间的后墙两英尺，泰山就从这边掰断两根栅栏，走出了笼子。他立刻走到门口，但门始终都打不开，也推不动。他耐心地等着，手里拿着笼子上掰下来的木条，他知道总会有人来打开那扇门。

他不知道他已经昏迷了很长一段时间，已经过去一个晚上了，现在又是白天了。不久他听到了牢房外面传来声音；人越来越多，声音越来越大，最终他听到外面聚集了很多人，还听到隆隆的鼓声和号角声，似乎还有人在吟唱。

正当他好奇外面究竟发生了什么事的时候，他听到外面的门栓发出刮擦声。他等待着，一只手紧紧地握着木条。然后门开了，一个士兵走进来，瞬间被泰山干掉，快速且没有痛苦。

泰山从门道里向外望去。眼前的场景令他诧异，一个祭司站在祭坛前，一个女孩四肢张开躺在祭坛上，四个穿着刺绣长袍戴着羽毛头饰的人分别抓住她的四肢让她动弹不得。祭司站在她上方，手里的黑曜石刀举在女孩的胸部上方。

泰山只扫了一眼就明白了眼前的情形。这个女孩对他毫无意义，一个人的死亡对他来说毫无意义，他看到过很多生物死亡的过程，知道死亡是生命的自然结果。但这种祭祀仪式的残忍和无情激怒了他，他突然非常想要阻止这些始作俑者，而不是出于人道主义想要解救女孩。泰山跳了出去，从背对着他的祭司举起的手中抢过了刀，然后举起祭司，扔到抓住女孩的两个低级祭司身上，两人被砸得松开了手，瘫倒在地。另外两个低级祭司则被泰山用木棍击倒在地。这惊人的一幕把旁观者们吓傻了，几乎窒息，泰山把女孩从祭坛上抱起来时，没有任何人试图阻止他。泰山把女孩甩在肩膀上，从寺庙口处跳了出去。

泰山回忆着他被带进来时的路线，根据记忆往外走，两个吓呆了的门卫只是看着泰山消失在一条小街上，不敢离开门岗去追他。但很快，一群士兵追赶着冲了过去，他们不能放过玷污了他们的神庙还从神灵的祭坛上把祭品抢走的陌生人。

小城里几乎已空无一人，所有的居民都聚集在圣殿广场见证这次祭祀，所以泰山可以完全无干扰地通过城里的街道，也没有人看到他。他跑得很快，因为还能听到后面士兵追赶的声音，他可不想被赶上。

泰山肩上的女孩伊泽查没有挣扎着逃跑，她完全吓坏了。被这个奇怪的几乎赤裸的巨人从死亡边缘拉回来，女孩感到一个可怕的命运在等待着她。她已经听说了陈泰讲的故事，这个传奇故事传遍了整座小城。她觉得面前这位也许真的是森林之神。即便是模模糊糊地想到这个可能性，伊泽查也吓坏了，想动也动不了，因为她认为神是非常可怕的、不能被反抗的生物。如果森林之神想带她离开她却违背的话，那她就必死无疑了，所以伊泽查安静地趴在救命恩人宽阔的肩膀上。

追赶的声音越来越小，泰山由此判断他已经甩掉了那些追他的士兵，很快，他就到了城墙边，和任何一座城门都有一定距离。他独自一人的话肯定能翻过墙去，但他背着这个女孩，想翻过去很困难，所以他迅速四下查找其他办法。

城墙的里面有一条狭窄的街道，大约有十五英尺宽，两边都是不同高度的建筑物和棚屋，这下泰山想到了该怎么办。背着小女孩爬到低矮的棚顶上去对泰山来说不算什么了不得的事，从这个棚子泰山爬到了更高的屋顶上，然后又上到更高的地方，和城

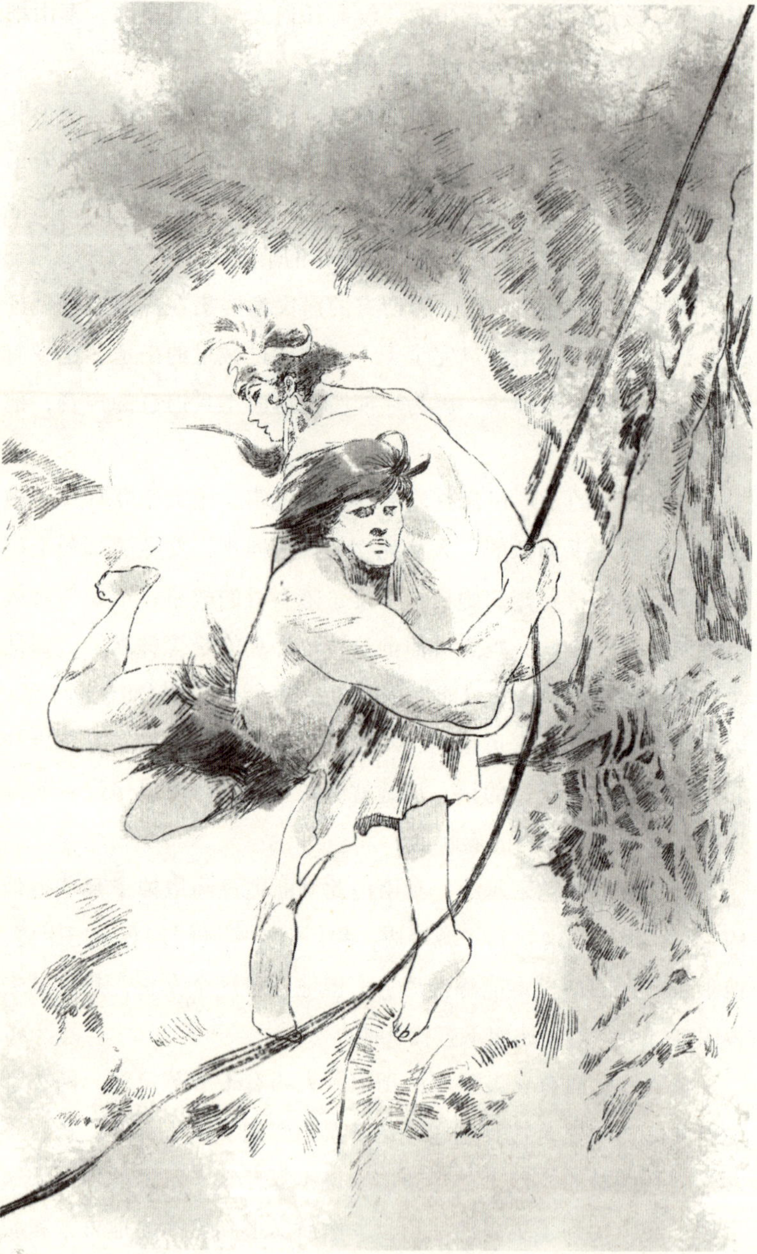

墙顶持平。

伊泽查睁开了大部分时间紧闭着的双眼,看到森林之神把她带到了一座建筑物的屋顶上。现在他正飞快地跑过屋顶。接近屋顶边缘时他没有放慢速度,伊泽查赶紧又闭上了眼睛,因为她觉得他们两人都要冲下去摔死在下面的街道上了。

泰山从屋顶的边缘跳到街道另一边的墙顶上,下面是一座茅屋的茅草屋顶,他又跳到那上面,然后从那里跳到地上。不一会儿,伊泽查还在喘着粗气,泰山已经迈着小步穿过耕种的田地向森林走去。

Chapter 15

突遇猛虎

营地里的生活井然有序，一切按照军事规范，听从上校的指令。这里没有军号，上校把船上的钟弄好了，每天早上六点铃响，"叮叮当当"当作军号。铃声每天响三次召唤集合，晚上九点响铃宣布宵禁，十点再响一次。他安排了哨兵每天二十四小时轮流守卫，监督他人工作，或劈柴，或收集丛林里的天然食品。这几乎是一个模范营地了，钓鱼的人每天从这里出发去礁湖上划船垂钓，狩猎的人每天都进入森林寻找猎物，这样就不用只吃水果和蔬菜。妇女们有责任保持自己的住处整洁有序，并根据需要修修补补。

泰山神秘失踪，长时不归，营地里的人为此议论纷纷。利夫人对此感到很开心："泰山不在真是太好了。自我第一次看到这个可怕的家伙，我就没觉得安全过。现在他不在，简直太好了。"

她侄女帕特丽夏说："我真不知道你怎么能说出这种话，我觉得他在这儿反而会更安全些。"

利夫人仍坚称:"我们可不知道他会吃掉谁的头。"

珍妮特·拉昂说:"我跟他一起被关在笼子里好一阵子,但他从来没展现不礼貌的一面,更别说要威胁伤害我了。"

佩内洛普轻蔑地"哼"了一声,她从未纡尊降贵留意珍妮特的存在,更不用说和她说话了,她第一眼就看出珍妮特是个放荡的女人。只要佩内洛普·利认为是对的事情,即便是议会的决议也不会让她改变自己的想法。

"他离开之前,一直在制造武器,"帕特丽夏说,"我想他是到森林里去打猎了,也许是狮子或老虎抓住了他,让他无法逃脱。"

"活该,"利夫人厉声说,"他把所有的野生动物都放在这个岛上,我们日后不被吃掉,那就算是奇迹了!"

"他没有携带任何武器就到丛林里去了,"珍妮特自言自语道,"我听上校说,手枪一把都没有丢。想想看,他知道所有那些凶猛的野兽都在丛林里,却只带了一根鱼叉和一些自制弓箭。"

利夫人对珍妮特所说的话不感兴趣,但她忍不住说:"他可能是个笨蛋,大多数野人的智商都不高。"

"我可不知道,"珍妮特甜甜地说,"我又没有机会和他们打交道。"

利夫人对此嗤之以鼻,帕特丽夏背过身偷偷笑着。

阿尔吉侬·史密斯、博尔顿船长、克劳奇博士都在打猎。他们向北进入丛林,希望把新鲜的肉带回营地。他们沿着潮湿的土地上一条昏暗的小路走着,偶尔能辨认出野猪的脚印,给他们前进的信心。

"在这个鬼地方撞上野猪可真是糟糕。"克劳奇说。

阿尔吉侬点头赞同。

"看这儿!"博尔顿大声喊道,他走在队伍最前面。

突遇猛虎 | 171

克劳奇问："这是什么？"

"也许是老虎或是狮子，"博尔顿回答说，"脚印还是最近留下的——这家伙一定是刚刚穿过了小路。"

克劳奇和阿尔吉侬检查了这头野兽留在松软土地上的印记。"老虎，"克劳奇说，"毫无疑问——我看到太多了，不会错的。"

"在这个烂地方碰上老虎可真是，"阿尔吉侬说，"我——"一阵咳嗽声打断了他的话。"我说！"克劳奇叫道，"那家伙在这里。"

"在哪里？"博尔顿问道。

"那边，往左。"克劳奇说。

"什么也看不到啊。"阿尔吉侬说。

博尔顿谨慎地说："我认为我们应该往回走，如果那家伙冲出来我们拿它毫无办法，我们中的一个人肯定会被杀死——也许更多人会死。"

克劳奇说："你说得对，要是那家伙拦住我们回营地的路可就糟糕了。"话音未落，离他们不远的灌木丛中突然冲出来什么。

"我的天哪！它来了！"阿尔吉侬尖叫着，随即扔下枪爬到附近一棵大树上。

其他人都赶紧跟着阿尔吉侬一道爬上了树，抓紧时间是必需的，事实上他们刚刚爬上去，一头巨大的孟加拉虎就从灌木丛里跳出来跃入小径。它站在那儿四处张望了一会儿，然后看见了那些树上的人，便对着他们咆哮，一双可怕的黄绿色眼睛直勾勾的盯着他们。

克劳奇突然笑了起来，另外两个人惊讶地看着他。"我很高兴这里没有其他人看到这一幕，"他说，"这会对英国的威望造成严重的打击。"

"我们还能做什么？"博尔顿问，"你和我一样清楚，即使有三支枪，我们也没有任何机会。"

"当然没有。等看见它再开枪的话，它已经扑倒我们了。幸运的是，这里有树让我们爬上来，古老的大树。我可是一直喜欢大树的。"

老虎一边咆哮着一边走上前来到阿尔吉侬藏身的树下，先蹲下然后纵身一跃。

"哎哟！"阿尔吉侬一边惊叫一边爬得更高，"这家伙几乎抓到我了。"

老虎又接连跳了两次，然后沿着小路往回走了一小段，耐心地趴了下来。

"这个臭家伙差点让我们丢了性命。"博尔顿说。

"它不会永远待在那里。"克劳奇说。

博尔顿摇了摇头。"我希望不是，"他说，"但它们有惊人的耐心，我认识一个人，在孟加拉被老虎逼得在树上待了一整晚。"

"哦，我说，它不会那样做，你知道，"阿尔吉侬反对说，"它能从我们这儿得到什么呢？它是认为我们会掉下去给它吃掉吗？"

"它可能认为我们跟苹果或其他东西一样，熟了就会掉下来。"

过了一会儿，阿尔吉侬说："这儿非常不舒服，我实在烦透了，我的枪要是在这儿就好了。"

"枪就在你待的那棵树底下，"克劳奇说，"你为什么不下去拿上来呢？"

"我说，老东西！"阿尔吉侬大声说，"我突然有了个好主意。你看着。"说着，他脱下衬衫，撕成条，然后一条一条系在一起，足够长了之后，把一边做成套索，然后下到一根较低的枝丫上，把衬衫套索下到离枪口很近的地方。枪掉下去的时候正好枪口朝上，离地面有好几英寸。

阿尔吉侬炫耀地问大家："聪明吧？"

"很好，"博尔顿说，"老虎正在欣赏你的聪明才智，你看见它正在看着你吗？"

"如果这套索能套在瞄准器的后面，我就可以把枪弄上来，这个可恶的家伙就有得受了。"

克劳奇打趣道："阿尔吉侬，你应该去当工程师。"

"我妈妈想要我成为教会的一员，"阿尔吉侬说，"我的父亲想要我去外交使团，这些都令我厌烦，所以我选择了打网球。"

克劳奇笑着说："然后你网球打得很烂。"

"说对了老家伙！"阿尔吉侬表示赞同，"看！我套到了枪！"

尝试了多次之后，套索终于套在了枪口上，阿尔吉侬慢慢地拽拉，把套索套在瞄准器下方拽紧了，然后他开始把武器拉向自己。

当老虎咆哮着冲到他的脚下时，枪距离他的手已经只有一英尺了。但老虎已经扑向空中来抓阿尔吉侬，阿尔吉侬只好丢下手里的东西爬到更安全的地方，这时老虎的利爪离他的脚只有一英寸了。

阿尔吉侬一边遗憾地喊着"唷——唷——"，一边爬到更高的树枝上。

"现在你连衬衫都丢了。"克劳奇说。

老虎站在那里朝树上看了一会儿，咆哮着甩甩尾巴，然后又回去躺下了。

阿尔吉侬无奈地说："我敢打赌，这头老虎要在这里守上一晚上了。"

Chapter 16

真情告白

克劳斯和他的同伴们并没有按照泰山的指令——让他们一行人向前走两天,远离这些被抛弃在岛上的人。他们只沿海岸走了大约四英里。在那里,他们在另一条小溪旁扎营,这条小溪也流入大海。他们在海滩上郁郁不乐地蹲着,吃着水手们采集来的水果,心里感到痛苦和愤懑。他们一个个汗流浃背、怒气冲冲地忙活了几天,制订计划,争吵不停。克劳斯和施密特都想发号施令,施密特最后胜出。因为克劳斯块头虽大,其实胆小如鼠,心里害怕施密特。阿卜杜拉·阿布·尼姆坐在一旁,对他们都怀恨在心。乌班诺维奇也高谈阔论了一番,振振有词地希望大家成为同志,彼此一视同仁。只有一样是他们达成共识的,那就是针对泰山的同仇敌忾。因为,正是泰山把他们赶了出来,不给他们一丁点枪支弹药。

乌班诺维奇建议道:"我们可以晚上返回去偷一些我们需要的

东西。"

施密特说："我也是这么想的。乌班诺维奇，你现在就去侦察一下。你可以躲在他们露营外的丛林里，找到一个合适的落脚点，这样我们到时候可以把步枪偷出来。"

乌班诺维奇说："要去你自己去，你可别命令我！"

施密特腾身而起，尖叫道："我就是这里的头儿。"

乌班诺维奇也站起来，他个头高大，比施密特威猛多了，他轻蔑地对施密特说："那又怎样？"

克劳斯说："我们自己内部打斗根本无济于事，你为何不派一名水手去侦察？"

施密特说："如果我有枪，这个混账东西就得乖乖地听我的。"随后，他转身对一名水手命令道："快过来，祖德鲁普。"

这名水手畏畏缩缩地走上前来，愁容满面，脸色阴沉。实际上，他恨死施密特了。但是，他这一生都听从白人，已经养成逆来顺受的习惯。

施密特命令他："你去侦察一下那个营地，藏在丛林里，别被发现了，看看他们把枪和武器都放在了哪里。"

水手说："不去！丛林里有老虎。"

"你这鬼东西敢不去！"施密特尖叫道，一拳把水手撂倒。水手双膝跪地，双眼怒视着施密特。他真想杀死眼前的这个白人，但他还是感到害怕。施密特对他大喊道："现在快滚开，你个狗奴才。你要是没找到我想要的你就别回来！"随后，水手消失在身后的丛林中。

祖德鲁普内心非常恐惧，他害怕这个丛林，但他更害怕没有找到施密特的信息就回到施密特身边。他停下脚步，思来想去，是不是可以在施密特营地边的丛林里多待一会儿？等到时间差不多了再回去,随便编造个故事,糊弄一下捏造放置枪支弹药的位置,就算交差得了。

祖德鲁普挠挠头,突然脑海里闪现出一个了不起的想法。他可以去那个英国人的营地,告诉他施密特的计谋,恳求他们把他留下来。他知道,这是他一生中最明智的想法。随后,他心情愉快地一路小跑沿小路离开了。

阿尔吉侬说:"我说!那个家伙在干什么?"此时,老虎已经站起身等候时机,只见它竖起耳朵回头看看了身后的小路,然后歪着脑袋,似乎在倾听什么。

"它听到有声音靠近了。"博尔顿说道。

"它走了。"克劳奇说道。老虎转身进了小路旁的密林。

阿尔吉侬说:"快,我们有机会了。"

博尔顿说:"它没走远,它还在这儿,我能看到它。"

"它试图耍我们呢。"克劳奇说。

克劳奇轻声说:"我听到有东西过来了。"过了一会儿,祖德鲁普映入他们的眼帘。

他们三个人一起喊出声音,想提醒水手注意身后的老虎。但为时已晚。就在水手停下脚步诧异地看着他们时,一头身形巨大的老虎从灌木丛中跳出来。张开血盆大口,一口咬住水手的肩膀。

祖德鲁普尖叫起来,老虎咬住他晃了晃,将他拖入灌木丛中。躲在树上的三个人,吓得目瞪口呆,只能眼睁睁地看着老虎扬长而去。

他们听到了水手痛苦的尖叫声,尖叫声中夹杂着老虎的低吼声。随后,尖叫声便消失了。

阿尔吉侬失声叫道:"我的天哪!太可怕了!"

真情告白 | 177

"是啊,"博尔顿说,"但是该我们动手了。这个时候它无暇顾及其他声音,正专心享受它的猎物呢。"

于是,他们三个人静悄悄地溜到地面,拿着他们的步枪向营地跑去。刚刚发生在他们眼前的一幕,令他们魂飞胆丧,心有余悸。

营地里,一天的工作已经完成。上校也觉得没什么好安排给大家继续干的了。

"我正一天天老去,"他对妻子说道,"是不是啊?"

她问:"你才发现啊?"

上校宽容地笑了笑。佩内洛普真诚率性的时候,他总是很开心。可是,每当她说什么愉快或亲切的话时,他就会忧心忡忡。"是的,"他继续说道,"我一定是渐渐衰老了。我都想不出该让这些人去干什么了。"

"在我看来,这里应该有很多事情要做,"佩内洛普说,"我总是很忙。"

"我觉得该让大家歇歇了,"帕特丽夏说道,"自从我们来到这里,他们一直在不停地忙碌。"

"没有什么比无所事事更能滋生不满的了,"上校说道,"但我要让他们在剩下的时间里休息。"

德格鲁特正和珍妮特坐在海滩上聊天。

德格鲁特说:"生活真有趣。几周前,我还在期待首次来纽约。那时候的我,年富力强,想象力丰富,口袋里装着三个月的薪水。我当时计划得多么美妙啊!现如今,我被抛弃在太平洋上某个不知名的小岛上,一座没人听说过的岛屿。而且,现在还不是最糟糕的时候呢。"

珍妮特问:"最糟糕的是什么时候呢?"

德格鲁特回答道:"不过我喜欢这样。"

珍妮特惊呼道:"喜欢这样!你为什么会喜欢这样?"

"因为这里有你啊。"德格鲁特回答道。

珍妮特惊讶地看着他。"我不明白你在说什么,"她说,"你也许不知道你自己在说什么。"

"可是我知道,珍妮特,我——"他的脸一下子变红了,"为什么想要说出那三个字的时候会觉得那么难?"

珍妮特拍了拍他的手,说道:"你不能说出那三个字。你永远也别对我说出那三个字。"

"为什么呢?"他问道。

"你知道我一直都在四处游荡——新加坡,西贡,巴达维亚。"

"我爱你。"汉斯·德格鲁特说道。不料,珍妮特顿时泪如雨下。长久以来,她都只有在愤怒或者失望的时候才会失声痛哭。

她哭着说:"我不会让你爱我的。我不会让你爱我的。"

"难道你一点儿也不爱我吗?一点也没动过心吗?"他问道。

她说:"我不会告诉你我的想法的,我永远都不会告诉你的。"

德格鲁特握着她的手,微笑着说:"你已经告诉我答案了。"

随后,他们被帕特丽夏的叫喊声打断了。帕特丽夏叫喊道:"哎呀,阿尔吉侬,你的衬衣呢?"

猎人们回来了。这帮欧洲人围拢过来听猎人们讲述他们的经历。当他们讲述完,上校"哼"了一声。"就这么定了,"他说,"谁也不准再到丛林里去打猎。在丛林里,没有人可以对付得了老虎或者狮子。"

利夫人说道:"威廉,都是你的错。你应该全权做主的。你不应该让那个野人把野生动物都放回到丛林里。"

"我仍然认为那是非常有意义的事,"上校说,"别忘了,这件事,对他和对我们来说都是具有危险性的。根据现在的情况看来,

真情告白 | 179

那个可怜的魔鬼可能已经被其中一头野兽谋害了。"

"那他就是自作自受,"利夫人说道,"任何一个像他那样的人,在女士们面前赤裸着身子跑来跑去,都是该死的,至少不能与体面人为伍。"

"我觉得那个家伙还是挺不错的,"上校说,"别忘了,佩内洛普,如果不是他,我们可能会比现在更糟。"

"别忘了,姑妈,是他把你从船上救出来的。"

"我正在努力忘掉那件事呢。"利夫人说。

Chapter 17
返回营地

伊泽查意识到自己被带进了森林,心里说不出什么滋味。返回奇琴伊察必死无疑,那些神灵是不会轻饶他们这些祭祀品的。而且,如果她回去,她知道只会再一次成为祭祀品。她根本猜不到,什么样的命运在前面等着她。但是,伊泽查还很年轻,活着总是美好的。或许,森林之神并不会杀了她。

他们进入森林后,森林之神就有惊人之举。他跳到一棵树的低矮树枝上,然后向上攀爬,把她高高地带离地面。这可把伊泽查吓坏了。

森林之神停了下来,发出一声令人毛骨悚然的悠长低吼声,吼声在森林中回荡。接着他继续低吼。

女孩已经鼓起勇气睁大眼睛,但是很快她看到了一些东西,使她又想闭上眼睛。然而,由于好奇,她还是睁开眼睛看,看着两个奇怪的动物在树木之间晃悠着来迎接他们,嘴里还"叽叽喳喳"

地叫个不停。

　　森林之神也用同样莫名其妙的话作答,伊泽查知道,她所听到的是诸神交流的语言。因为,这两个动物必定是陈泰所说的地球之神。这两个动物来到森林之神身旁,一起用伊泽查根本听不懂的那种语言交流。趁着这个时候,伊泽查有机会扫视一下他们脚下的那片空地。她在那里看到了一具令人恐怖的野兽身躯。她知道,那就是森林之神从猎人陈泰那里解救出来的野兽。

　　她希望那些在奇琴伊察的怀疑论者能够看到她所见到的一切,这样他们才会知道这些都是真实的神,并为他们曾经那样对待森林之神而感到内疚和畏惧。

　　她神圣的拯救者将她带到一条山路上。在那里,他将她放回地面,让她自己走。她现在得以看见他的容貌。多么英俊的人啊!他真的是神!两个地球之神与他们一起缓缓前行。想到自己和这些神作伴,伊泽查由害怕转为自豪。在奇琴伊察的其他女孩,有她这种机会与三神共行吗?

　　他们很快来到一个地方,似乎前面没路了,只有可怕的悬崖峭壁。但是,森林之神并没有犹豫。他只是把伊泽查再次扛上他那宽阔的肩膀,像两个地球之神一样轻松自如地爬下悬崖。

　　然而,当她俯视悬崖时,伊泽查忍不住惊恐万分。于是她紧闭双眼,屏住呼吸,将她小小的身体紧紧贴在森林之神身上,对她来说,他已经变成了一个庇护之所。

　　当他们终于到了谷底时,森林之神提高了他的嗓音,伊泽查听到他在喊:"哟,丹托,哟!"实际上,泰山喊道:"来吧,丹托,来吧!"

　　不一会儿,伊泽查听到了一个她从未听过的声音,甚至连玛雅人也没听过的声音:一头大象的呼啸声。

在此之前，伊泽查以为自己已经看过了世界上所有的奇迹。但是，当她看到一头庞大的公象排山倒海般穿入森林，将它面前的树木全部撞倒在地时，伊泽查还是尖叫着吓晕过去了。

伊泽查恢复意识后，她并没有马上睁开眼睛。她感受到有一只手臂环抱着她，她的背部靠在一个人身上。但是怎么会有奇怪的晃动？她的双腿跨坐的粗糙表面又是什么？

伊泽查胆战心惊地睁开了眼睛，旋即又尖叫着闭上眼睛。她正坐在她之前看到的那头可怕野兽身上！森林之神正坐在她身后，一只胳膊环抱着她以防她跌倒。地球之神在树林中晃动着身躯在他们两侧开路。他们似乎在互相责骂。对于伊泽查而言，在短短的一两个小时里，她承受了太多，仿佛已经经历了一生的刺激和冒险。

下午即将过去，吉普正在为欧洲人准备晚饭。做饭程序并不复杂：炸鱼，煮一些块茎食物，加上一些水果，看起来营养更均衡。吉普心情很好，感觉很开心。他喜欢为外国佬工作。他们对他很好，工作也不像砍木头那么辛苦。

一伙人围坐在一起，其中有两个女孩，大部分男人席地而坐，谈论着当天发生的事情，特别是以悲剧收场的狩猎之旅。帕特丽夏问大家是否还能再见到泰山，于是大家七嘴八舌谈论起那个野人可能会遭遇到怎样的命运。上校在他帐篷里刮胡子，他妻子坐在帐篷外缝补衣服。这时，她感觉有些响动，于是朝森林那边看了一眼，顿时发出一声刺耳的尖叫，昏厥过去。上校的脸才刮了一半，也从帐篷里冲了出来。帕特丽夏叫喊道："噢，我的天啊，快看那边！"

只见一头巨大的公象冲出森林，泰山胸前抱着一个几乎赤身裸体的女孩，坐在大象的脖子上，两头猩猩分别晃悠在大象两侧，都与大象保持着一定的距离。难怪佩内洛普·利要昏厥过去。大象走出森林几步远后停了下来。一下子看见这么多人，它很不适应。它不再往前走了。泰山和他胸前的女孩一起滑落到地上，牵着她的手走向营地。

伊泽查觉得这些都必定是神。此刻，她已经不那么恐惧了。因为森林之神和地球之神从未伤害过她，连她骑过的野兽也没有伤害她。

帕特丽夏疑惑地看着那个走在泰山旁边的女孩。她身旁的一名水手对另一个人说道："那家伙这么快又泡上妞了。"帕特丽夏听到了这话，紧紧咬着嘴唇。

大家默然无语地迎接泰山，这种默然无语，完全是因为受到了惊吓。上校正忙着安抚妻子，此时她已经睁开了眼睛。"他在哪儿呢？"她低声问道，"那个怪物！你必须马上把他赶出营地，威廉。他和那个不检点的女孩衣不蔽体，他一定去某处偷了一个印度女人。"

"哦，安静点，佩内洛普，"上校有点烦躁地说道，"你和我对那个家伙都一无所知。"

"好吧，不过你有责任弄明白他是谁，"利夫人发作道，"我不允许帕特丽夏和这样的人混在一起，也不希望那样的人留在营地。我也不会和他们混在一起的。"

泰山径直地走向帕特丽夏，说道："我希望你能好好照顾这个女孩。"

"我么？"帕特丽夏傲慢地说道。

"是的，就是你。"泰山回答道。

"好了，好了，"上校说道，他的胡子还是没有刮完，"先生，这一切都是怎么回事？"

"在我们南边有一座城市,"泰山说,"一座规模不小的城市。他们有一些祭祀仪式,把人作为祭祀品。这个女孩被当作祭祀品了,幸好我把她救了出来带到这里。她不能再回去,因为毫无疑问她会被他们杀害。所以我们要照顾她。如果你侄女不愿照顾,我想珍妮特会照顾她的。"

"我当然会照顾她的,"帕特丽夏说道,"谁说我不照顾她了。"

"快找点衣服给她穿上,"利夫人说道,"太不雅观了。"

泰山厌恶地看着她:"你心术不正,需要衣服包裹起来。"

佩内洛普·利黑沉着脸。她张开嘴巴,却无言以对。过了一会儿,她转过身,大步走进她的帐篷。

"我说,好家伙!"阿尔吉侬开口道,"你施了什么魔法让那头大象驮你的?那可是凶猛的非洲大象呢。"

"你怎么让你朋友帮你忙的?"泰山问道。

"但是,你知道,我没有这样的朋友。"

"那就太糟糕了,"泰山说着转身面对上校,"我们必须采取一切预防措施来防止袭击,"他说,"那个城市里有很多勇士,我毫不怀疑他们会为这个女孩子展开搜寻,最终他们会找到我们的营地。当然他们不了解枪支武器,如果我们一直处于戒备状态,就没什么可怕的。但我建议只有非常强壮的人才能合伙进入丛林。"

"我刚刚已经下达指令,不准任何人私自进入丛林,"上校回答道,"博尔顿船长、克劳奇博士,还有怀特·斯密斯今天受到一头老虎的攻击,是你放出来的。"

Chapter 18
重新造船

整整六个星期,营地生活日复一日,百无聊赖却也风平浪静。在这段日子里,帕特丽夏教会伊泽查一点儿英语,让这个玛雅小女孩可以和大家进行简短的交流。而泰山则花费了许多时间向她学习玛雅语。泰山独来独往,偶尔进入丛林探险,并时常能在探险时顺路捕获回野猪。

泰山时常离开营地令佩内洛普·利大为不满。她向她丈夫抱怨道:"他粗鲁无礼,目无领导。你下令所有人都不得进入丛林,而他却置若罔闻,你应该拿他杀鸡儆猴。"

"亲爱的,那你建议我该怎么处置他呢?"上校问道,"他应该被五马分尸,还是在日出后一枪崩了他?"

"别开玩笑了,威廉。这些你都做不到。你只是应该坚持让他遵守你制定的规则。"

"新鲜的野猪肉不吃了?"上校问。

"我可不喜欢吃野猪肉,"利夫人喃喃自语道,"另外,我也不喜欢发生在营地周遭的一些现象。德格鲁特先生和那个法国女人关系太过亲密了,那个野人也一直围着那个印第安女孩转。你现在快看看他们,总是在一起交谈,我都能想象得出他在和她说些什么。"

"他正在努力学习她的语言,"上校解释道,"如果我们和她们那里的人有些来往,或许以后会有意想不到的收获。"

"哼!"利夫人不屑地说道,"真是个不错的借口。瞧瞧他们的穿着!如果我能在船上仓库里找到些布料,我一定会给她弄一件宽大长罩衣。对他也是如此,你应该采取点行动。你看现在,帕特丽夏也过去和他们交谈。威廉,你得让他们停止胡闹。太不成体统了。"

上校心情沉重地低叹了口气,他自己的处境也并不好过。大部分男人都开始变得焦躁不安,甚至有些人开始质疑他的权威。他也在质疑自己,是不是应该别再管这些乱七八糟的事情了。不过他知道,如果没有人掌管这一切,情况会变得更糟。当然了,阿尔吉侬、博尔顿、迪贝特,还有克劳奇,都是支持他的,德格鲁特和泰山也支持他。泰山是他最仰仗的人,因为他意识到,泰山不会卷入兵变这样的蠢事。而现在,他的妻子要他坚持让这个半人半野的人穿上裤子。想到这里,上校又叹了口气。

帕特丽夏坐到泰山和伊泽查身边,问道:"玛雅语课上得怎么样了?"

"伊泽查说我学得很好。"泰山回答道。

"而且伊泽查正在掌握英语,虽然学得很辛苦,"帕特丽夏说,"她和我几乎都可以正常交流了,她已经告诉过我一些很有意思的事了呢。你知道他们为什么要拿她当作献祭品吗?"

重新造船 | 187

"我猜，是为了献给什么神灵吧。"泰山回答说。

"是的，是为了献给一个叫'柴'的森林之神。献给神以平息神的愤怒，因为有人以森林之神的名冒犯了神。

"当然，伊泽查自己也非常肯定地认为，拯救她的不是别人，正是森林之神'柴'。她还说，她那里的人大多数也都这么认为，因为这是有史以来第一次，神灵亲自来领取祭品。这给她留下了深刻的印象，而且没有人能说服她，说你不是柴。"

"她的父亲将她献祭给神，目的是为了得到神灵的青睐，"帕特丽夏继续说道，"这的确很可怕，不过这是他们做事的方式。伊泽查说他们的父母一直这么做，尽管一般情况下常常由奴隶和战俘充当祭品。"

"她也告诉了我不少岛上的趣事，"泰山说，"这座岛叫乌斯马尔，是以尤卡坦的一座城市命名的。她的祖先数百年前迁徙到了这座岛上。"

"他们一定就是玛雅人了。"帕特丽夏说。

"这非常有趣啊！"克劳奇博士这时也加入了他们的谈话，"从你和伊泽查告诉我们的情况来看，可以证明在移民之后的几个世纪里，他们的宗教和文化几乎完好保存。这对人类学家和考古学家来说真是一块宝地啊！如果你们能和他们建立起友好的关系，我们也许能够解释，他们在美国中部和南美洲的石柱和寺庙的象形文字之谜。"

"但我们很有可能有生之年都会呆在这里，"帕特丽夏提醒他说，"我们的知识对世界来说并没什么用。"

"我不敢相信我们可能永远困在这里，"克劳奇博士说，"另外，泰山，这是这座岛上你唯一到访过的村子么？"

"我也不知道，"人猿回答说，"不过这里并不只有这些玛雅人。

在岛的北部,那里有一个伊泽查认为是'非常坏的人'的聚集地。这个岛的历史大部分是口头流传下来的,传闻说有一个沉船幸存者与岛上原住民通婚,他们的子孙后辈世世代代住在这里,但他们不与那些生活在岛中部的土著人通婚。"

"你是说这里有土著人?"克劳奇博士问道。

"是的,我们就在他们领地的西南边扎营。我从来没有到过他们的任何一个地盘,不过伊泽查说他们是非常野蛮的食人族。"

"命运把我们放逐在了一个多么迷人的地方!"帕特丽夏评论道,"而且为了让它更舒适,你得把很多狮子和老虎放进去。"听到这里,泰山微微一笑。

"至少我们不会死于厌倦。"珍妮特也说。

上校、阿尔吉侬和博尔顿都走了过来,德格鲁特也加入了进来。"有些人来找我,"这个荷兰人说道,"让我来问问你,他们是否可以把西贡号拆卸下来重新建造一条船,让我们离开这里。他们说,宁愿死在海里也比余生都待在这岛上好。"

"我没法阻止他们这样去做,"上校说,"博尔顿,你怎么看?"

"可行。"船长回答道。

"无论怎样,这会让他们忙碌起来,"上校说,"如果他们能干一些想干的事情,就不会再整天怨天尤人了。"

"我不知道他们能在哪里建造,"博尔顿说,"他们不可能在暗礁附近造,在岸上建造的话也并没有任何好处,因为礁湖里的水太浅,不能让船浮起来。"

"在此以北大约一英里处有个深海湾,"泰山说,"而且那里没有暗礁。"

"等到那些家伙把西贡号拆卸下来,"阿尔吉侬说,"然后把材料沿着海岸运一英里后,他们就会累得筋疲力尽,无法再造船。"

"或者已经年迈了。"帕特丽夏说。

"谁来设计这艘船呢?"上校问。

"那些男人让我来设计,"德格鲁特回答说,"我的父亲是造船工人,而且在我下海前,一直在他的造船厂里工作。"

"这是一个不错的主意,"克劳奇说,"你觉得你能够建造一艘足够带上我们所有人的船么?"

"这取决于我们在西贡号能拆卸下来多少东西,"德格鲁特回答说,"如果再来一场风暴,整艘船都会断裂。"

阿尔吉侬用手指了指森林。"那里有充足的木材,"他说,"即使西贡号沉了也没关系。"

"那可太费时间精力了。"博尔顿说。

"好吧,我们所有人的生命都押在那上面了,老伙计。"阿尔吉侬提醒他道。

Chapter 19
穷途末路

两天过后,祖德鲁普还没有回来。施密特又打发一个印度水手进入森林,命令他潜入泰山的营地,打探那里的枪支弹药情况。

印度水手们搭建了另外一个营地,离开施密特、克劳斯、乌班诺维奇,以及那个阿拉伯人占领的地方有一小段距离。他们非常忙,但是小营地里的那四个人却毫不在意他们,只是在需要向他们当中的某个人发布命令时,才会把那个人叫过去。

又被施密特打发进森林的那个人也没有回来。施密特极为光火,第三天他打发两个水手一同进山。这两人闷闷不乐地站在他面前听候命令。等他命令完,他们转身走回自己的营地。施密特看着他们俩,看着他们和其他同伴坐到一起。施密特等了一会儿,看看他们是否会起身出发,但是他们毫无动静。于是,施密特站起身,铁青着脸朝他们走去。

"我得好好教训他们,"他嘴里嘟囔道,"我要让他们看看,谁才是这里的老大。这帮混账的东西!"但是,等到他走近他们,十五名水手站起来面向他,个个手里都拿着弓、箭和木头长矛。这些武器,正是他们这几天忙碌的成果。

施密特和水手面面相觑地站了好一会儿,其中一个水手说道:"你来想干什么?"

他们十五人个个全副武装,面色阴沉,满脸怒容。

"你们两个不准备去打探一下枪支弹药的情况吗?你们打探清楚了,我们就能把它们弄到手了。"施密特说道。

那两个被打发去探听情况的人中有一个开口说道:"不去!你想知道你就自己去。我们不再听你发号施令了。滚出去!回你自己的营地去!"

"你们这是在造反!"施密特恐吓他们说。

"滚出去!"其中一个体形健壮的水手边说边把箭搭在弓上。施密特转身溜走了。

"怎么了?"施密特回自己的营地后,克劳斯问道。

"这些家伙造反了,他们自己造了弓箭和长矛,现在个个都全副武装。"施密特回答道。

"这是无产阶级的起义!"乌班诺维奇惊叫道,"我要加入他们,领导他们。这是光荣啊!光荣啊!世界革命的浪潮已经席卷到了这里!"

"闭嘴!"施密特说,"你别找不自在。"

"等我组织好这些光荣的革命家,"乌班诺维奇叫喊道,"到时候你会唱不同的歌,然后,他们就会说:'乌班诺维奇同志,给你这个。''乌班诺维奇同志,给你那个。'现在我要去找我的同志。他们已经团结起来了,已经挣脱套在他们脖子上的资本主义枷锁了。"

他兴高采烈地来到水手的营地。"同志们！"他叫道，"祝贺你们取得了辉煌的成就！我来带领你们获得更大的胜利。接下来我们向那些把我们赶出来的资本家进军！我们要好好地和他们算算账，拿走他们所有的枪支弹药和补给。"

十五个面色阴沉的水手沉默地看了他一会儿，然后其中一个说道："滚出去。"

"可是！"乌班诺维奇惊叫道，"我是来加入你们的。我们将一起走向光荣——"

"滚出去！"水手又说了一遍。

乌班诺维奇犹豫了一下，几个水手朝他走了过去，他连忙转身回到另一个营地。"同志，"施密特冷笑着说道，"革命结束了吗？"

"他们是一群愚蠢透顶的傻子。"乌班诺维奇说。

过去，水手一直帮他们照看篝火，保护他们免受野兽的进犯。但是那天晚上，他们四个人不得不自己拾柴烧火，轮流站岗。

"好吧，同志，"施密特对乌班诺维奇说，"现在你站在革命的反面，你觉得革命怎么样？"

没有了白人来指挥他们，所有水手都睡得很香，篝火也灭了。阿卜杜拉·阿布·尼姆正在为那个小营地站岗，这时，他听到从水手营地方向传来一阵阵凶猛的咆哮，紧接着传来痛苦和恐怖的尖叫声。另外三个人醒过来，赶紧爬了起来。

"发生了什么事？"施密特问道。

"是狮子王。"阿卜杜拉回答说。

"什么？"乌班诺维奇问道。

"一头狮子，它已经抓走了那边一个水手。"克劳斯说道。

那个不幸的受害者持续的尖叫声，回荡在寂静的夜空，渐渐远去。狮子拖着猎物远远地离开。过了一会儿，尖叫声停止了，

穷途末路 | 193

接着传来一种更惊悚更可怕的声音——肉和骨头撕裂的声音，夹杂着食肉动物的咆哮声。

克劳斯在火上堆了更多的柴火，说道："都是那个该死的野人，就是他把那些野兽放在这里。"

"这是你自作自受，"施密特说，"你就不该把白人抓起来扔进笼子里。"

"这完全是阿卜杜拉的主意，"克劳斯抱怨道，"如果不是他提醒我，我决不会想到那么做。"

那天夜里，营地里无人入眠。一直到天亮，他们都能够听到狮子进食的声音。拂晓时分，他们看见狮子从吃掉水手的地方站起来，走到小溪边喝水，然后消失在丛林之中。

"它会躺上一整天，"阿卜杜拉说道，"但它会再次出来进食的。"

阿卜杜拉说完，一个充满邪恶的声音从丛林边缘传来，随后出现了两个身影。那是两条鬣狗。它们闻到了被狮子猎杀的猎物气味，很快它们就开始撕扯起狮子吃剩的水手尸体。

第二天夜里，水手们根本没有生篝火，又有一个水手被狮子叼走了。"这些傻子！"克劳斯尖叫起来，"那头狮子现在养成习惯了，在这里我们谁也不安全。"

"他们都是听天由命之徒，"施密特说道，"他们认为，一切该来的总会来的，他们对此无能为力。"

"好吧，我可不能听天由命。"克劳斯说。第二天，他在树林边的一棵树上搭建了一个平台，其他三个人也纷纷效仿，甚至水手们也学样在树上搭建起窝来。那天晚上，狮子咆哮着穿过空无一人的营地。

"我已经受够了，"克劳斯说，"我要回去看看泰山那个家伙。如果他让我们留在他的营地，我什么都答应他。"

"你打算怎么去那里？"施密特问道,"除非有两千万个记号,否则我们根本无法穿越丛林。"

"我不打算穿过丛林,"克劳斯说,"我要沿着海滩走,如果我遇到什么不测,我会跑到海里去。"

阿卜杜拉说:"我认为狮子会比人猿泰山对我们更友好。"

"我从来没伤害过他,"乌班诺维奇说,"他应该会让我回去的。"

施密特说:"他可能担心你会发动一场革命。"

但他们最终还是决定试一试。第二天一早,他们沿着海滩向另一个营地出发。

Chapter 20

荒岛探险

水手查德看着克劳斯和他的三个同伴沿着海滩向西贡营地方向去了。"他们要去另一个营地,"他对其他水手说,"走吧!我们也去。"过了一会儿,他们尾随着白人,也沿海滩去了。

在西贡营地内,泰山正独自吃着早餐。他起来得很早,因为给自己安排了满满一天的工作。这个时候,只有吉普也起床了,静悄悄地忙着准备早餐。不一会儿,帕特丽夏走出她的帐篷,来到泰山身边坐下,说道:"你今天早上起得很早。"

"我总是起得比别人早些,"他回答道,"但今天有个特殊原因:我想早点动身。"

"你要去哪里?"她问。

"去探险,我要看看岛的另一边什么样子。"泰山回答道。

帕特丽夏急切地俯下身子,一只手放在泰山的膝盖上。"噢,我可以和你一起去吗?我很想一起去。"

伊泽查在专门为她搭建的棚子里看着他们。她黑色的双眼眯了一下又突然睁开,攥紧了小手。

"帕特丽夏,我不是去旅行,你去不了。"泰山说道。

"我曾徒步穿越了印度的丛林。"她说。

"不行,"泰山坚定地说道,"去那里太危险了。我想你听说过,那里有野生动物。"

"既然这么危险的话,你只带着一些弓和箭也不应该去,"她说,"让我带把步枪和你一起去。我枪法很好,在印度还猎杀过老虎呢。"

泰山站起身,帕特丽夏也站了起来,双手搭在他的肩上。"请不要去,"她恳求道,"我很担心你。"但泰山只是笑着转过身,一路小跑进了丛林。

帕特丽夏注视着他,直到他荡到一棵树上消失了。然后她生气地挥挥手,走进她的帐篷。"我会证明给他看的。"她低声说。

不久,她带着步枪和弹药走了出来。伊泽查看着她走进泰山进入的丛林,就在那条小溪旁。这个小小的玛雅女孩咬着嘴唇,泪水夺眶而出,饱含着沮丧和愤怒。吉普围着炉火,开始自言自语地哼唱。

大祭司察伊西乌仍然对从神圣的祭刀下偷走伊泽查的行为感到震怒。"圣殿被玷污了,"他咆哮道,"众神会大发雷霆的。"

"也许不会,"国王希·寇·西乌说,"或许偷窃的贼就是真正的森林之神。"

察伊西乌不满地看了一眼国王。"他仅仅是夏特·丁在海滩上见过的一个陌生人。如果你不想激起众神的愤怒,你就应该派一队勇士到那个陌生人的营地,把伊泽查带回来。伊泽查肯定就在那里。"

荒岛探险 | **197**

"或许你是对的,"国王说道,"至少这样做对我们也没有什么害处。"

于是,他派给夏特·丁一百名勇士,让他们去陌生人的营地把伊泽查带回来。

迪贝特带着一船水手,划船到礁湖上,继续打捞西贡号船上的木材,而其他成员这个时候才出来吃早餐。伊泽查闷闷不乐地坐着,没什么胃口。珍妮特·拉昂走过来坐在德格鲁特身边。佩内洛普·利一脸鄙夷地看着他们。

"珍妮特,帕特丽夏起床了吗?"上校问。

珍妮特环视四周,说道:"哦,当然起床了。她不在这里吗?我醒来时她已经出来了。"

"她还能去哪里?"佩内洛普问道。

"哦,她一定在附近。"上校说道。于是,他大声喊叫她的名字,声音中明显带着一丝不安。

"那个怪物也不见了!"利夫人惊呼道,"威廉,如果你继续让那个人留在营地,我就知道这种可怕的事情迟早会发生的。"

"刚才发生了什么事?"上校问道。

"他绑架了她,这就是发生的事。"

吉普正吃着面前一大碗米饭,这时听到了他们的谈话,自告奋勇地回答道:"泰山和她往那边走了!"他手指东北方向,"帕特丽夏和他都往那边去了。"说着,他又指了指那个方向。

"也许帕特丽夏绑架了他。"阿尔吉侬故作聪明地假设道。

"别傻了,阿尔吉侬,"利夫人打断了他的话,"很明显发生了什么事。那家伙诱骗她进了丛林。"

"他们交谈了很久,"伊泽查神色忧郁地说道,"他们不是一起走的。他们在丛林里会合。"

"你怎么还沉得住气？威廉。那个印度女孩都知道我们的侄女和那个不可思议的家伙在丛林里约会。"

"好吧，"上校说，"如果帕特丽夏在丛林里，我向上天祈祷，但愿泰山和她在一起。"

帕特丽夏沿着一条小溪走了一小段路。小溪起初是往东北方向流，然后又往东南方向流，她一直沿着这条小溪走，并不知道泰山已经跳到树上，从树上往正东方向荡去，奔向岛的另一侧。地势越来越高，小溪欢快地奔流而下，流进大海。帕特丽夏意识到自己是个顽固不化的傻瓜。然而，既然是顽固不化，她决定继续爬上不远处的那座山，看一看这个岛的整体面貌。这是一次艰难的攀登，树木总是遮挡住她的视线，但她坚持着来到山脊一块空地上。此时她已经喘得不行了，于是她坐下来休息一会儿。

上校说道："我觉得你们该出去找找那个不听话的女孩子。"

"我去，"阿尔吉侬说道，"但是我不知道该去哪里找她。"

"沿着海滩走来的那个人是谁？"克劳奇问道。

"哦，那是施密特和克劳斯，"博尔顿说，"乌班诺维奇和那个阿拉伯人也和他们在一起。"大家几乎自动地把枪握在手中，静静等着那四个人走近。早餐桌上的人也纷纷站了起来，满怀期待地等待着。克劳斯开门见山地说道："我们过来是想请求你们让我们回来，在你们附近搭建一个营地。我们没有武器，也没有保护。我们有两个人进了丛林，再也没有回来过。有两个人夜里被狮子从营地抓走了。上校，你有一颗善良的心，一定不会见死不救，让同胞们遭受这种危险。如果你让我们回来，我们保证服从你，不惹任何麻烦。"

"泰山回来看到你们在这里,恐怕会有不少麻烦。"上校说道。

"威廉,你应该让他们留在这里,"利夫人说道,"这里由你说了算,又不是泰山那个怪物。"

"我真的觉得把他们赶走太不人道了。"克劳奇博士说道。

"是他们先对我们不讲人道的。"珍妮特愤愤地说道。

"小女孩,"佩内洛普勃然大怒道,"你应该知道自己的位置。你对这件事没有插嘴的权利。上校自有决定。"珍妮特·拉昂绝望地摇摇头,向德格鲁特眨了眨眼睛。佩内洛普看到她眨眼睛,又来火了。"你真是一个无礼的荡妇,你和那个印第安女孩,还有那个人猿泰山,就不该被允许和上流社会的人住在同一个营地里。"

"佩内洛普,如果你允许我来处理的话,"上校冷冷地说道,"我想我可以处理好这件事,不需要别人帮助,至少不需要你们相互指责。"

"好吧,我要说的是,"佩内洛普说道,"你必须让他们留下来。"

"这样办吧,"克劳奇建议道,"我们暂且把他们留下来。等到泰山回来了,让泰山和他们去商量。这样,他们就会与泰山为敌,而不会与我们为敌。"

"他们与我们所有人为敌。"珍妮特说。

"你们可以留在这里,至少一直留到泰山回来。到时候就看你们怎么表现了。"上校说道。

"我们一定会尽全力表现,上校,"克劳斯回答道,"谢谢你能让我们留在这里。"

从她坐的地方,帕特丽夏可以看到大海,但看不到整个岛。因此,休息之后,她继续往前走了一点儿。这里视线更加开阔,景色也更美。许多树上长满了艳丽的兰花,还有大量的生姜和芙蓉花；树和树间盘旋着一些有着黄色羽毛和猩红色翅膀的鸟。这里犹如田园诗般的宁静，缓解了她紧张的情绪，也彻底消了她的怒气。

她很高兴自己找到了这片安静之处，心里暗自庆幸，想着可以时常光顾这里。这时，一头大老虎从灌木丛中走出来面对着她。它的尾巴在屁股后不安地甩来甩去，身体紧绷着，露出黄色的獠牙。

帕特丽夏一边在心里默默地祈祷，一边举起步枪，连着开了两枪。

Chapter 21
玛雅人的袭击

"我当然不希望这些人一直待在这里，"珍妮特说，"我很怕他们，尤其害怕克劳斯。"

"我会看着他的，"德格鲁特说，"如果他有任何不轨行为的话，赶紧告诉我。"

"哎呀你快看！"珍妮特尖叫起来，手指着海滩，"那些水手也回来了。那些家伙让我浑身都起鸡皮疙瘩。"

她刚说完，耳朵里就传来两声轻微但又清晰的枪响。"那一定是帕特丽夏！"上校惊叫道，"她一定是遇到麻烦了！"

佩内洛普满怀希望地说："她可能不得不开枪打死那个怪物。"

上校这时已经跑进他的小帐篷，拿出步枪。当他往枪声传来的方向奔去时，德格鲁特、阿尔吉侬、克劳奇和博尔顿都在后面紧随着他。

等这些人消失在浓密的丛林树荫后，施密特扭头冲着克劳斯咧嘴笑了笑。克劳斯问道:"有什么好笑的?"

施密特对其他三个人说:"让我们看看是否还能在这里找到步枪和弹药。看来今天时来运转了!"

德格鲁特喊道:"你们想干什么?你们不能进入那些营房!"

珍妮特起身准备跑进她的营房去拿上她的步枪,施密特一把抱住她,把她拽到一旁,警告道:"这可不是闹着玩的。"

施密特四人把营地内所有剩余的枪支都集中起来,然后用枪指着那些印度水手,强迫他们把他想要的东西都装好。

他对克劳斯说:"相当不错!我觉得我们现在已经掌控了我们想要的一切。"

克劳斯说:"也许你已经掌控了你想要的东西,但我还没有,"然后他走到珍妮特身边,"来吧,亲爱的,让我们重新开始。"

"我可不去!"珍妮特边说边往后退。

克劳斯抓住她的一只胳膊。"不,你要去。如果你知道什么对你有利,最好不要自寻烦恼。"

珍妮特试图推开他,克劳斯却反手打了她一下。佩内洛普大声喊叫:"看在上帝的分上,跟他走吧。不要大吵大闹了,我讨厌吵架。不管怎么说,你都应该和他在一起。你从来就不属于我们这里。"

珍妮特被打蒙了,随即被拽走。上校的妻子看着他们沿海岸走回去,沿着他们来的方向。她在他们后面大声喊道:"你们这些混蛋,上校会知道你们从我们这里偷走了什么。"

夏特·丁和他的百名勇士穿过森林。他们分散开来走,以免留下明显的踪迹。他们在穿越森林时,听到了两声尖锐而响亮的声音,声音似乎来自他们前方的不远处。这些人以前没有听过枪声,所以不知道那是什么声响。他们小心翼翼地向前挪,耳朵和眼睛

玛雅人的袭击 | 203

一直保持高度警惕。夏特·丁走在最前面,当他来到森林中一片更为开阔的地方时,他突然停下脚步,因为他看到了一个奇怪而且并不常看见的景象。地上躺着一头他从未见过的巨型条纹状野兽。很显然,它已经死了。它身上站着一个人,穿着很奇怪,手里拿着一个长长的乌黑发亮的东西,它既不是弓,也不是箭,更不是长矛。

夏特·丁立即意识到,这个生物是个妇女。作为一个聪明人,他推测先前所听到的巨响应该来自那个女人手持的那个怪东西。毫无疑问,她用那个怪东西杀死了踩在她脚下的那头巨兽。夏特·丁进一步推论,如果她能杀死那么巨型的凶猛动物,那么,杀人则是更为轻而易举的事。因此,他并没有走进那片开阔地,而是向后撤退,同时低声地对手下人发布命令。

此刻,这些玛雅人悄然地穿过丛林,渐渐地包围了帕特丽夏。夏特·丁用剑击打树木,弄出响声来吸引女孩的注意力,他手下两名男子从女孩的背后溜出丛林,悄无声息地向她靠近。

帕特丽夏站在那里,眼睛看着声音传来的方向,竖起耳朵专注地倾听。这时,她身后伸过来一双手臂,从她手中夺走了枪。随即,一百名头戴绚丽羽毛头饰、腰缠绣边兽皮、穿着奇怪的勇士,从丛林中飞奔出来,将她团团围住。

帕特丽夏一眼就认出了这些人。伊泽查和泰山以前跟她描述过这些人的模样,不仅如此,她还阅读过大量有关远古时期玛雅文明的著述,非常了解他们的文明、宗教以及文化,大量的考古研究都已经向世人阐述过这一切。恍惚之间,她似乎突然被带回到远古那个逝去的年代。面前这些个子矮小、棕色皮肤的人,他们的祖先属于那个年代。她知道被这些人抓住意味着什么。她知道玛雅囚犯的命运。她只能寄希望于她的队友也许会来营救她。

204

玛雅人的袭击 | 205

她对泰山充满信任，因此这种希望也变得更为强烈。

"你们打算怎么处置我？"她用从伊泽查那儿零星学到的玛雅语问道。

夏特·丁说："这得听希·寇·西乌的，我会把你送回到奇琴伊察，送回到国王的宫殿。"然后他安排四名勇士把囚犯带给希·寇·西乌。

帕特丽夏被带走后，夏特·丁和余下的勇士继续朝着西贡大营的方向前进。他对自己非常满意，即使他不能成功地把伊泽查带回奇琴伊察，至少他奉上了另一份供奉祭祀，无疑他会受到国王和大祭司的褒奖。

碰巧的是，利上校和他同伴所走的路线，正好是帕特丽夏过来的路。他们爬过环绕山肩的悬崖，尽管道路弯曲，但他们还是一路几乎奔跑前行。他们前进的动作很大，毫不戒备，因为他们一门心思想尽快找到帕特丽夏。当他们突然遇到一群插满羽毛的勇士时，这群白人完全被惊呆了。带着野蛮原始的喊杀声，玛雅人冲了过来，用弹弓打出石头。

上校大声指挥道："向他们的头部上方射击！"

可怕的声音暂时制止住了玛雅人。但是，当夏特·丁反应过来，这些枪声只是虚张声势，根本没有伤及他的手下，他立刻命令他们再次猛攻，那可怕的喊杀声再次传进白人的耳朵里。

上校勃然大怒，大吼一声："开枪打死他们！在他们拿着剑赶到我们面前之前，我们必须消灭这帮混蛋。"枪声再次响起，四名玛雅勇士倒下了。其他人开始畏缩不前，但是夏特·丁还是不停地督促他们继续猛攻。

带着呼啸而来的枪声就让同伙毙命的家伙，把玛雅人都吓坏了。尽管他们有些人开始和白人肉搏，但大部分人还是转过身，带着他们的伤员逃跑。

按照玛雅人一贯的策略，他们分头四散于丛林之中，免得留下明显的踪迹，让敌人找到他们的营地。在浓密的丛林里，白人很难辨别方向，于是走错了方向，迷了路。他们来到一处陡峭的山坡，以为已经翻过山，正在山背面下坡。

在茂密的灌木丛中瞎转了一个小时后，这群白人突然来到丛林尽头，大家面面相觑，眼前正是他们自己驻扎在海岸边的营地。

上校脱口而出："哎呀，我真他妈的该死！"

他们快走进营地时，迪贝特愁容满面地出来迎接他们。

上校问道："迪贝特，出什么事了？"

"真的出事了，上校。我刚从西贡大营运来一大堆木材，却发现施密特和他的同伙把营地里的所有枪支弹药都偷走了，还偷走了相当一部分储备食品。"

上校怒不可遏地骂道："这帮流氓！"

"这还算好的，"迪贝特继续说道，"他们把拉昂小姐也带走了。"

德格鲁特脸都变白了，连忙问道："他们是往哪条路走的，迪贝特？"

另外一个队友回答道："海岸那边，也许回他们的老巢去了。"

德格鲁特伤心欲绝，怒不可遏，起身就走。上校喊道："等等，你要去哪儿？"

"我要去追他们。"他说。

上校说："他们都是全副武装的，你独自一人根本不行。眼下我们也没有多余的人随你去。也就是说，我们不能全都走开，再次将佩内洛普一个人留在这里。那帮披着人皮的恶魔有可能随时来攻击营地。"

德格鲁特倔强地说道："无论如何，我都要去。"

迪贝特说："我和你一起去。"然后，其他两个来自女神号的水手也自告奋勇愿意一同前往。

"我祝你好运！"上校说，"但是，看在上帝的分上，你们要小心些。你们最好从丛林边上潜入营地，然后隐藏在灌木丛中突袭他们。"

"好的，上校！"德格鲁特答应道。然后，他和三个自愿陪他前往的人一路小跑冲向海岸边。

Chapter 22

互相残杀

泰山从远处就听到白人和玛雅人之间发生的枪战,于是立刻转身,朝他认为枪声传来的方向赶去。但是,山峰回荡,声音传来常会产生回音和震动,他无法精确地确定声音传来的具体位置,也走错了方向。同样,他还误认为任何战斗都自然发生在西贡营地或施密特营地周围。

他知道,自己离施密特的营地比西贡的营地近。于是他决定先去施密特营地看看。如果战斗不是发生在那里,他就沿着海滩前往西贡营地。

当他走到正对着施密特营地的树林尽头,他放慢了脚步,变得更加小心翼翼。他这样做是对的。因为当营地映入眼帘,他看到营地里那些人正好回来了,其中四个白人荷枪实弹全副武装,珍妮特·拉昂被克劳斯拖着走,水手们背着重重的担子。他知道发生了什么事,但是,事情的具体经过,他却猜不出。按照一般想法，他认为，所听到的枪战发生于这些人和西贡营地的那些人之间，而且可以推断，施密特那伙人胜利了。也许其他白人都被杀了，但帕特丽夏在哪？伊泽查在哪？至于佩内洛普·利的命运，他并不关心。

上校现在骑虎难下，进退两难。营地现在只能倚靠四个武装人员，几乎起不了保卫的作用。他不能自己出去寻找帕特丽夏，却留佩内洛普独自一人在营地。他也不能再拆分他的力量了。因为，即使四个人合在一起也不足以抵抗施密特或玛雅人的再次袭击，也不可能指望四个人就强攻奇琴伊察城，尽管他确信，帕特丽夏已被带到那里。正当上校徒劳地寻找解决问题的万全之策之际，帕特丽夏被带到乌斯马尔岛国王希·寇·西乌的皇宫里。护送她的士兵对国王说：

"尊贵的夏特·丁命令我们把这个囚犯带到他的国王和大祭司那里，夏特·丁和他的勇士还在继续攻打陌生人的营地。发生了一场战斗，因为我们听到了一种奇怪的响声，响声过后，几个白人就被杀了。至于战斗结果，我们就不得而知了。"

国王点点头，说道："夏特·丁干得不错。"

大祭司察伊西乌说道："他的确干得漂亮。这个女人太适合作为献给神的祭品了。"

希·寇·西乌的眼睛滴溜溜地围着这个白人女孩转，发现她很漂亮。这是他见到的第一个白人女孩。他突然想到，把她交给某个可能并不需要她的神真是太可惜了。他不敢把这个想法说出来，但他认为这个女孩对任何神来说都过于漂亮了。事实上，以任何种族的标准来看，帕特丽夏都是美丽动人的。

"我觉得，"国王开口说道，"我应该让她先伺候我一段时间。"

大祭司察伊西乌看着国王，装出一副大惊失色的模样。事实上，他一点儿也不惊讶。因为他太了解国王了。国王之前已经从神那里抢走过好几位模样标致的祭品。

"如果她是神选中的人,"大祭司说道,"希·寇·西乌却将她据为己有,神会对希·寇·西乌动怒的。"

国王说:"如果你没看到她被选中——至少不是被立刻选中,也许就没事了。我觉得神并不怎么想要她。"

帕特丽夏专心地听着,至少听明白了他们的谈话要点。"神已经选择了我,"她说,"如果你伤害我,他会生气的。"

希·寇·西乌吃惊地看着她,对大祭司说:"她会说玛雅人的语言。"

"但说得并不太好。"大祭司察伊西乌评论道。

帕特丽夏说:"诸神都有自己的语言,他们很少会用到凡人的语言。"

"她会不会是女神?"国王问道。

"我是森林之神的夫人,"帕特丽夏说,"他已经很生你的气了。因为,他来奇琴伊察时,你对他大为不敬。如果你够明智,你应该把我送回他身边。否则他肯定会毁了你。"

国王挠了挠头,疑惑地看着大祭司,说道:"察伊西乌,你应该非常了解诸神。森林之神真的来过奇琴伊察城吗?你关在木头笼子里的是神吗?从祭坛上偷走祭品的是神吗?"

"不是!"大祭司厉声说道,"他只是一个凡人。"

"不管怎么说,我们都不能操之过急,"国王说,"你可以暂时把这个女孩看管起来。让人把她带到童女庙里,要好好对待她。"察伊西乌唤来两个小祭司,叫他们将她送到童女庙去。

帕特丽夏觉得,虽然她的话没有对大祭司产生太大的作用,但显然影响了国王,至少为自己得到了一个缓刑,从而可能为泰山和其他人赶来救她赢得了时间。当她被带出王宫时,她感觉心情非常地轻松自在,甚至有心观赏奇琴伊察的奇观美景。

在她眼前出现了一座巨大的熔岩金字塔,沿着陡峭的阶梯往上走,一座雕刻华丽的神庙——童女神庙坐落在山顶。在这里,她被交给负责圣殿的女祭司。神庙里住着大约五十个女孩,大多数都出身高贵。因为,能够在神庙里做事,往往被视为一种荣耀。她们点燃圣火,打扫寺庙的地板。如果她们愿意,她们可以还俗结婚。她们通常都是勇士和贵族追求的对象。

帕特丽夏站在圣殿柱廊上,眺望着奇琴伊察。她可以看到,金字塔脚下聚集着宫殿、庙宇,围绕着宫殿和庙宇的是平民的茅草屋。再沿着茅草屋往外就是丛林了。身处此景,她感觉自己被带回了几个世纪前的尤卡坦。

泰山透过青翠的森林观察,意识到跑出去直接面对四个全副武装的勇士显然毫无胜算,因为他的全部武装只是一张弓。但是泰山总是有他自己的办法。他深信,用不着冒着生命危险就能把珍妮特从这些人手里救走。

他耐心地等候着,一直到他们走得越来越近,水手们也纷纷卸下身上的货物。然后,他弯弓搭箭,小心翼翼地瞄准。随着一声箭响,克劳斯尖叫一声扑倒在地,一支箭穿过他的心脏。

其他人目瞪口呆地环顾四周。"怎么回事?"乌班诺维奇问道,"克劳斯怎么了?"

"他死了!"施密特说,"有人用箭射杀了他。"

"一定是那个人猿!"阿卜杜拉说道,"除了他谁还能这么干?"

"他在哪?"施密特问道。

"我在这里,"泰山说,"我还有很多箭。珍妮特,顺着我的声音走过来,走进森林。如果有人胆敢阻止你,克劳斯就是他的下场。"

珍妮特快步走向森林,谁也没敢伸手阻拦她。

"那个该死的野人!"施密特喊道,他突然大发雷霆。"我要宰了他!我要干掉他!"他尖叫着举起步枪,朝着人猿泰山发出声音的方向射击。

与此同时,又是一声箭响,施密特紧握着胸前的一支箭,双膝跪地,随后滚翻在地。这时,珍妮特已经走进森林,泰山从树上跳下来,落在她的身旁。

"营地里发生了什么事?"他问道。

她把原委简要地讲述了一遍。

"这么说来,他们让施密特和那帮家伙回来了,"泰山说道,"上校太让我惊讶了。"

"都是那个可怕的女人的错。"珍妮特说道。

"走吧,我们要尽快赶回到那里。"泰山说着就把珍妮特扛到肩膀上,纵身上了树。当他和珍妮特快要接近西贡营地时,德格鲁特、迪贝特以及两个水手出现在施密特营地。

他们在营地四周匆匆看了一眼,并没有发现珍妮特,德格鲁特却发现那两个水手倒在地上挤作一团,显然是被吓坏了。

阿卜杜拉第一个看见了德格鲁特和他的同伴,知道他们是来报仇的,不会轻易善罢甘休。于是他举枪开始射击。他并没有击中目标。德格鲁特和迪贝特立即一边射击一边冲了过来,两个水手举着鱼叉紧随其后。

相互之间的射击都没有造成对方的伤亡,于是德格鲁特单膝跪地,举枪瞄准,迪贝特也跟着他学。"你对付乌班诺维奇,"德格鲁特说,"我来对付那个阿拉伯人。"

两支步枪几乎同时响起,乌班诺维奇和阿卜杜拉应声倒地。

德格鲁特和迪贝特继续往前冲去,后面跟着那两个水手,随时准备干掉那些负隅顽抗的人。但是,俄国人、阿拉伯人和克劳斯都死了,施密特在痛苦地扭动、尖叫,无力再伤害他们。

德格鲁特俯身过去问道:"拉昂小姐在哪儿?"

施密特尖声叫骂着,几乎听不清骂些什么,只依稀听到:"那个野人,该死的野人,他把她带走了。"说完也咽气了。

"谢天谢地!"德格鲁特叫道,"她现在安全了!"

他们四人从死者的尸体上拿走了武器弹药。有了这些枪支弹药,他们的腰杆更硬了,于是继续逼迫水手收拾行囊,启程返回西贡营地。

Chapter 23

泰山被献祭

泰山和珍妮特走出丛林,来到营地,迎接他们的是一群情绪低落、心灰意冷的人。其中只有一个人觉得还有些东西值得庆幸,她就是佩内洛普。她看见泰山和珍妮特一起从丛林里出来,对阿尔吉侬说道:"至少帕特丽夏没跟那个怪物在一起。"

"哎呀,佩内洛普阿姨,"阿尔吉侬不耐烦地说,"我猜你要说,泰山和珍妮特早就安排好了,一切只为在丛林里幽会。"

"我真不该大惊小怪的,"佩内洛普说,"一个会和印度女孩一直搞不清楚的人,什么事情做不出来?"

泰山对他不在营地时发生的一切颇为不满,主要是因为他们根本不服从他的命令。不过,他嘴里还是轻描淡写地说:"你们真不该允许他们靠近营地。"

"这都是我的错,"上校说道,"是我判断错误了。因为我当时觉得将手无寸铁的人赶回去似乎太没人性了,毕竟有一个吃人的家伙在他们营地周围晃悠。"

"这不是上校的错,"珍妮特愤怒地说,"是那个可恶的老太婆喋喋不休地要上校这么做的。她才是罪魁祸首。正是因为她的缘故,汉斯可能已经被杀害了。"她的话音刚落,就听到远处传来的枪声,隐约是从施密特营地方向传来的。"哼!"珍妮特扭头对着佩内洛普叫喊道:"如果汉斯有什么不测,你要血债血还!"她叫道。

"事情已经发生了就让它过去吧,"泰山说道,"现在的头等大事是找到帕特丽夏。你确定她被玛雅人抓住了吗?"

"我们听到两声枪响,"上校解释道,"当我们赶去查看时,我们遇到了整整一百名玛雅勇士。我们击溃了他们,却无法追踪他们。尽管我们没有看到帕特丽夏,但似乎很有可能她在我们遇到他们之前就被抓走了。"

"威廉,现在你心满意足了?"佩内洛普说,"这全是你的错。一切都源于你坚持要搞这种愚蠢的长途探险。"

"是的,佩内洛普,"上校无可奈何地说,"我知道这是我的错,但你一遍遍旧事重提根本无济于事。"

泰山把伊泽查拉到一边,为的是不让别人打扰他们的谈话。"告诉我,伊泽查,"他说,"你们的人可能会怎么对待帕特丽夏?"

"不会怎么样。过个两三天,也许过一个月,"女孩回答道,"他们会把她献给神。"

"你们看看那个怪物,"佩内洛普说,"把那个印度小女孩带到一旁说悄悄话。我都能想象得出来他在说什么。"

"他们会把帕特丽夏关在他们关过我的那个笼子里吗?"泰山又问。

"我觉得她可能会被关在圣殿顶端的童女神庙里。那是个非常神圣的地方,戒备森严。"

"我到那里去。"泰山说。

"你要去那里?"伊泽查质问道。

"今晚就去。"泰山回答道。

女孩一把抱住他:"请别去,"她恳求道,"你救不了她,他们会杀了你。"

"看!"佩内洛普·利大喊道,"我从未见过这么厚颜无耻的事!威廉,你必须阻止它。我看不下去了。我从来没有和这么不检点的人来往过。"她恶狠狠地看了珍妮特一眼。

泰山松开了女孩的手臂,说道:"好了,好了,伊泽查,我不会被杀的。"

"别走!"她恳求道,"噢,森林之神啊,我爱你。让我追随你一起回森林吧!我一点儿都不喜欢这些人。"

"他们一直都对你很友好呀。"泰山提醒她说。

"我知道,"伊泽查闷闷不乐地说,"但我不想要他们的好意。我只想要你。无论是今晚还是将来,你都不准去奇琴伊察。"

泰山笑着拍了拍她的肩膀。"我今晚得去。"他说。

伊泽查哭着说:"你爱她!所以你才一定要去。为了她,你要离我而去。"

"就这样定了,"泰山坚定地说,"不要再说了。"于是,他从她身边走开,来到其他人那里。伊泽查嫉妒得发狂,走进她的棚屋,扑倒在地上乱踢乱蹬。过了一会儿,她站起来从门口向外望去,正好看见德格鲁特一伙人往回走。趁着大家的注意力都集中在他们身上时,伊泽查从她的棚屋溜出来,跑进了丛林。

珍妮特跑上前去搂住德格鲁特,脸上挂满泪水。"我还以为你已经被杀了,汉斯,"她抽泣着说道,"我还以为你已经死了。"

"我还活蹦乱跳呢,"他说,"你再也不用担心施密特那伙人了,他们已经死了。"

"太好了，"泰山说道，"他们都是坏人。"

伊泽查奔跑在丛林中。她很害怕，因为天越来越黑了。黑夜的森林里，到处都是孤魂野鬼。但是，她继续奔跑，心里充满着嫉妒、仇恨以及复仇的欲望。

夜深之后，她抵达了奇琴伊察，城门卫兵起初不准她进城。但是她向他说明了身份，并且告诉他，她有重要的消息要通报大祭司察伊西乌。于是，她被带到大祭司那里，跪在他的面前。

"你是谁？"察伊西乌问道，随即就认出了她，"这么说你还是回来了，为何而来呢？"

"我回来告诉你，那个把我从祭坛偷走的白人，今晚将会把那个白人女孩从神庙带走。"

察伊西乌说："你将荣幸地再一次被献给诸神。"伊泽查被关在木笼中，等待成为祭祀的祭品。

泰山慢慢地穿越森林前往奇琴伊察。他不想在午夜前赶到那里。因为他认为只有午夜后那里才会平静下来，大部分人都将熟睡。微风拂面，他闻到了一丝熟悉的气味——大象丹托也出动了。大象走的路，比泰山走的捷径要更平坦，而且沿路的树芽也更丰嫩。这么丰嫩的芽，最对它的胃口。

一直等到丹托走得很近了，泰山才低声呼唤它。丹托听出了他的声音，走了过来，用象鼻在泰山身上嗅了嗅，验证它的判断。

泰山一声令下，它举起泰山驮到背上，丛林之王骑着它来到了森林的边缘，奇琴伊察城近在眼前。

泰山从丹托的头上滑到地面，穿过田野奔向城墙边。还未到城墙之前，他一路奔跑。但是抵达城墙后，他就一点儿一点儿地往前挪。城内静悄悄的，街上空空荡荡。泰山畅通无阻地来到金字塔下。

就在泰山爬过台阶意欲登上金字塔顶时,十几名勇士正隐蔽在童女神庙的入口处。他在神庙外面驻足聆听,然后又在背风处来回走了几步,以便让轻拂的微风将他所要的讯息吹入他那敏感的鼻孔。

他在那里站了一会儿,确信没有什么危险,于是蹑手蹑脚地溜到入口。在入口处他又停下脚步,侧耳倾听,接着一步跨入。就在这时,一张大网从天而降,将他紧紧地网在当中。说时迟那时快,十几个勇士扑向他,将他压住,压得他动弹不得,束手就擒。

一个牧师从庙里走出来,把喇叭举到嘴边,吹了三声长号。这座城市就像是被施了魔法一般苏醒过来,顿时灯火通明,人们纷纷涌向金字塔圣殿。

泰山被抬下台阶,来到金字塔脚下,被一群穿着刺绣斗篷和华丽头饰的祭司包围住。随后,他们把帕特丽夏也带到跟前。紧接着一阵锣鼓喧天、鼓号齐鸣之后,国王希·寇·西乌和大祭司察伊西乌率领着众人鱼贯出发,绕城出了城东大门。

泰山被捆在一副担架上,由四个祭司抬着。卫兵押着帕特丽夏紧随其后。关在木头笼子里的伊泽查被人抬着跟在后面。一轮满月挂在天空,皎洁柔和的月光照射下来,成百上千的火把将游行的队伍照得如白昼一般。

游行队伍绕过森林,来到一座山脚下,然后蜿蜒登山,来到山顶一个死火山口边。待到黎明时分,游行队伍终于沿着一条狭窄的小路,循迹走到火山口底,停在一个巨大的洞口外。

在笛子、锣鼓和小号的伴奏下,祭司开始吟诵圣歌。天色愈明,装着泰山的袋子被切开一个口子,旋即他被扔进深坑里。此时此刻,伊泽查懊悔不已,不停地求告牧师饶了泰山,告诉他们泰山是森林之神。在此之前,她就哀求过,祈求他们不要杀害他,但察伊西乌根本不予理睬,一声令下,准备将泰山送上绝路。

Chapter 24
回归之船

帕特丽夏并不是那种轻易掉眼泪的女孩。但是,她此刻站在可怕的深渊边缘,不由得放声痛哭起来。太阳东升,阳光照入深渊,她看到泰山在她脚下的一个池塘里慢慢游来游去。池塘离她脚面大约有七十英尺。她脑海顿时涌现出许多她曾经读到过的故事,有关尤卡坦半岛上远古时期奇琴伊察的神圣故事,她心中又燃起了希望。

"泰山。"她呼唤道,泰山在水里仰面看着她。"听着,"她继续说道,"我了解这种祭祀的方式。几百年前,在中美洲的玛雅人就已经使用这种方式了。在黎明时分,受害者被扔进了奇琴伊察的圣井。如果他在正午还活着,他就被带出来,提拔到最高的级别,成为地球上活的神。你必须撑到中午,不能沉下去。泰山,你一定要坚持住。"

泰山微笑着朝她挥挥手。祭司们疑惑地看着她,但并不清楚她对泰山说了些什么。

"你觉得你能做到吗,泰山?"她问道,"你必须挺住,因为我爱你。"

他没有回答,翻转身开始慢慢地在水池里游来游去。池塘很大,直径大约有一百英尺,四壁都是光滑的玻璃岩石。

水冷刺骨,但还不至于冰冻寒冷。泰山奋力游动,以免身体冻僵。

人们都随身带着食物、饮料。大家吃着喝着,消磨漫长的等候时光。

太阳升向天穹,察伊西乌开始紧张不安。因为,如果受害者一直到正午还活着,他就被证明是森林之神,而这必将使大祭司无比尴尬。每只眼睛都盯着,只见太阳逐渐爬向子午线,耀眼的白炽阳光直射到洞口,清楚地显示出已经到了正午时刻,人群中响起呐喊,因为受害者还活着。

人们称泰山为森林之神。大祭司虽然感到无比愤怒,但也只能命人把他从水里拉出来。有人扔给泰山一根长绳,并在绳尾打了一个结,只要泰山抓紧绳结,大家就能把他拉上来。但泰山却根本不用这个绳结,而是自己沿长绳攀爬出来了。他刚一爬出洞口,大家就跪倒在他面前,恳求他的原谅和恩典。

泰山面对着国王和大祭司,他们看起来很不自在。"我以凡人之躯降临地球,"泰山说道,"来看看你如何统治我的子民。然而我并不满意。总有一天,我还会再来,不知到那个时候情况有否改善。现在我走了,我要带着这个女人一起走。"他一只手放在帕特丽夏的胳膊上说,"我命令你释放伊泽查,并确保在我返回之前她和其他人都没有被作为贡品献给诸神。"

他拉起帕特丽夏的手,一起爬出火山口,然后往火山脚下走去，大家跟在他们后面，形成长长的队伍，边走边唱。来到城里后，泰山转过身，高高举起一只手，对大家说道："就送到这里吧。"然后又对帕特丽夏说道："现在我要给他们一些东西，可以让他们世代传诵。"

她疑惑地抬起头，看了他一眼，然后嫣然一笑，问道："你要做什么？"

他没有正面回答，而是发出一声悠扬的喊叫，随后用人猿特有的语言喊道："来吧，丹托，快过来！"当他和帕特丽夏越过田野，走向森林，一头巨大的大象从森林里奔出来迎接他们，引来后面的人群发出一阵阵惊诧恐惧的叫喊声。

他们继续向大象靠近，帕特丽夏问："它会伤害我们吗？"

"它是我的朋友。"泰山说着，一只手搁到大象的鼻子上。"别害怕，"他对帕特丽夏说，"它将会让你骑在它的背上。"随着泰山一声令下，丹托先用鼻子将那女孩驮到背上，然后又驮起泰山。

大象步伐稳健地走进森林，泰山和帕特丽夏回头看了看，只见奇琴伊察城的人都跪在地上，他们的脸紧贴地面。

"他们的子子孙孙都会传诵此事。"帕特丽夏说道。

在西贡营地，士兵们都垂头丧气地等待着泰山归来。其实，他们并不抱太大的希望。他们中的很多人，前一天晚上几乎没有睡过觉，漫长的上午也是度日如年。下午茶时间到了，泰山还没有回来。但是，作为一种习惯，他们还是弄了点茶喝。他们围坐在桌子旁，无精打采地啜饮着，大家都在想：他们恐怕再也见不到帕特丽夏和泰山了。

"我们就不应该让那个怪物独自出去寻找帕特丽夏，"佩内洛普说，"他可能已经找到她了。但是，她现在会是什么样，谁也没法说。"

"噢，佩内洛普！"上校绝望地喊道，"你为什么对那个人那么刻薄？他又没做错什么，一直都对我们很友好。"

"哼！"佩内洛普尖叫道，"威廉，你太迟钝了！我从一开始就看穿他了。他是个癞蛤蟆想吃天鹅肉的家伙。他想讨我们的欢心，想跟帕特丽夏结婚。她可是继承了一大笔遗产的。"

"夫人，"德格鲁特冷冷地说道，"你口中'那个癞蛤蟆'的名字叫约翰·克莱顿，是格雷斯托克公爵，一位英国公爵。"

"胡扯！"佩内洛普咆哮。

"这不是胡扯，"德格鲁特说，"我们被关在那个笼子里时，克劳斯就是这么告诉我的。他是从那个阿拉伯人那里得知的，那个阿拉伯人已经认识泰山很多年了。"

佩内洛普听得目瞪口呆，似乎一下子泄气了，但很快又精神抖擞起来。"我也希望如此！"过了一会儿她又说道，"我就是对他的古怪心存不满。你怎么不早点告诉我呢，小伙子？"

"我也不知道为什么刚才要告诉你，"德格鲁特说，"这不关我的事。如果他想让我们知道，他自然会告诉我们的。"

"他现在来了！帕特丽夏和他在一起呢！"珍妮特大声喊叫起来。

"多么般配啊！"佩内洛普说，"我侄女和那个格雷斯托克简直是天造地设的一对。"

从大象的背上，帕特丽夏可以看到远处的礁石。她和泰山刚从大象的背上溜下来，帕特丽夏冲向了那些等候着的人群，手指着远方大喊："看哪！来了一艘船！一艘船！"

远处的确是一艘船。人们赶忙在海滩上燃起篝火。篝火熊熊燃起时，他们又把绿叶撒到篝火上，再浇上煤油，于是，一团乌黑的浓烟滚滚升上天空。

回归之船 | 223

德格鲁特和一些水手还跳到一条小船上拼命地挥手,试图进一步吸引船的注意。实际上这根本于事无补。

"他们没看见我们。"珍妮特说。

"或许我们再等一百年都见不到一艘船了。"克劳奇博士感慨地说道。

"什么?还想等那么久?"阿尔吉侬说。

"他们改变了路线,"博尔顿说,"他们往前开走了。"

上校走进小屋,手里拿着双筒望远镜出来了。他拿着望远镜盯着他们看了好久,等他放下望远镜时,眼里满含泪水。过了好一会儿,他才开口说道:"那艘船是女神号!它正朝我们这边靠岸。"

那天晚上,在皎洁的月光下,两对年轻人舒适地依偎在椅子上。泰山把一只手放在帕特丽夏的手心。"帕特丽夏,今天在紧要关头,由于太激动,你说过一些话。这些话,我们彼此都必须忘记。"

"我知道你的意思,"她回答道,"你明白,当时我并不知道那是不可能的——但我当时真的是那么想的。而且我会永远记住我自己说过的话。"

"泰山,"德格鲁特在船的另一边喊道,"珍妮特想努力说服我,上校不会主持我们的婚礼。她错了,是吗?"

"当然啦,她肯定是错啦。"人猿泰山答道。